TEXTES LITTERAIRES

Collection dirigée par Keith Cameron

LXXXVII

POUR LOUIS BOUILHET

MELÆNIS
1851

LES FOSSILES
1854

Mlle DE MONTARCY
1856

HÉLÈNE PEYRON
1858

FESTONS & ASTRAGALES
1859

L'AMOUR NOIR

ONCLE MILLION
1860

DOLORÈS
1862

FAUSTINE
1864

LA CONJURATION D'AMBOISE
1866

DERNIÈRES CHANSONS
1872

Mlle AISSÉ
1872

LOUIS BOUILHET
POÈTE ET AUTEUR DRAMATIQUE
NÉ A CANY LE 27 MAI 1821
MORT A ROUEN LE 18 JUILLET 1869

GUSTAVE FLAUBERT

POUR LOUIS BOUILHET

Textes édités et annotés

par

Alan Raitt

University of Exeter Press
1994

REMERCIEMENTS

Je tiens à remercier très chaleureusement tous ceux qui m'ont aidé dans la préparation de cette édition: Mlle M.- F. Rose, conservateur en chef de la Bibliothèque Municipale de Rouen et son personnel, qui ont tout fait avec une parfaite bonne grâce pour me faciliter l'accès des manuscrits, deux grands spécialistes de Flaubert, M. Jean Bruneau, qui a bien voulu me faire profiter de son immense érudition flaubertienne, et Mme. Raymonde Debray-Genette, qui m'a donné de très précieux conseils, M. Pierre-Georges Castex, de l'Institut, qui m'a généreusement communiqué l'intéressante lettre inédite de Béranger qu'on lira dans la note 231, et Mlle Maureen Ramsden, qui a accepté de procéder à d'indispensables vérifications à Rouen.

First published in 1994 by
University of Exeter Press
Reed Hall
Streatham Drive
Exeter EX4 4QR
UK

**British Library Cataloguing in
Publication Data**
A catalogue record for this book is available
from the British Library

ISSN 0309-6998
ISBN 0 85989 441 X

Typeset by Sabine Orchard
Printed in the UK
by Antony Rowe Ltd, Chippenham

INTRODUCTION

L'amitié de Flaubert et Louis Bouilhet

Le poète Louis Bouilhet naquit au village de Cany, sur la Durdent, dans ce qui s'appelait alors la Seine-Inférieure, à une dizaine de kilomètres de la mer, le 27 mai 1821, donc six mois avant Flaubert. Son père, Jean-Nicholas Bouilhet, avait été médecin militaire, mais sa santé avait beaucoup souffert de ses campagnes, notamment en Russie, et il mourut alors que son fils n'avait que dix ans. Bouilhet ne garda de lui qu'un souvenir assez flou, alors qu'il connaissait mieux son grand-père maternel Pierre Hourcastremé, pittoresque vieillard, romancier et philosophe, qui vivait avec la famille. Hourcastremé n'était pas le seul membre de la famille à s'occuper de lettres, car le père de Bouilhet avait écrit des poèmes, une comédie en vers et le récit de ses campagnes, tandis que la mère composait des poésies fugitives, pieuses et sentimentales, mais sans penser à les publier. Après avoir commencé ses études à Ingouville, Bouilhet put, grâce à la largesse des Montmorency-Luxembourg, pour qui Jean-Nicholas Bouilhet avait travaillé après sa retraite de l'armée, devenir élève du Collège Royal de Rouen. Là, il fut le condisciple de Gustave Flaubert, lui aussi issu d'une famille de médecins mais bien plus illustre, puisque son père était le chirurgien-en-chef de l'Hôtel-Dieu de Rouen. Mais contrairement à ce que Flaubert a prétendu plus tard, leur véritable intimité ne datait pas des années de collège. Elle ne commença qu'en 1846, après la mort du docteur Flaubert dont Bouilhet, qui se destinait à une carrière médicale, était devenu l'étudiant. Et si une vocation littéraire s'était déclarée très tôt chez les deux jeunes gens, elle n'était pas de même nature, Flaubert s'adonnant surtout aux pièces de théâtre et aux narrations, alors que Bouilhet, qui subissait l'influence du milieu catholique de sa mère et de ses soeurs, préférait la poésie élégiaque et religieuse. Ils étaient aussi de tempéraments très différents, Flaubert rebelle, excité et extravagant, Bouilhet timide et sérieux.

Mais les rêves romantiques de Bouilhet ne pouvaient s'accommoder d'une carrière dans la médecine, et s'il poursuivit ses études avec diligence en gagnant de l'argent au moyen de répétitions de latin, sujet auquel il excellait, il finit, en 1843, par se faire expulser de l'internat de l'Hôtel-Dieu pour avoir, avec des amis, osé demander du vin aux repas et le permission de découcher les soirs où ils n'étaient pas de garde. Cependant, tandis que ses camarades ont poursuivi leurs études ailleurs, Bouilhet n'a pas quitté Rouen mais a montré de moins en moins de zèle pour la médecine et a continué à donner des leçons afin de pouvoir remplir ce qu'il croyait être sa mission de poète. Après la mort du docteur Flaubert, il a finalement renoncé à une carrière de médecin. Selon son fils adoptif, Bouilhet avait pour son patron «une profonde admiration mêlée à une certaine crainte révérencielle. Jamais (...) il n'aurait osé quitter la médecine du vivant du père Flaubert» (Frère, pp. 192-193). Quoi qu'il en soit, selon Bouilhet lui-même, c'est de cette époque que date le début de sa véritable amitié avec Flaubert.

Cette amitié ne s'est jamais démentie jusqu'à la mort de Bouilhet en 1869[1]. Les deux hommes ont vécu dans une familiarité presque de tous les jours, se confiant leurs projets littéraires, leurs peines de coeur, leurs exploits sexuels, échangeant de longues lettres quand ils ne pouvaient pas se voir régulièrement, chacun ouvrant son coeur à l'autre avec une franchise totale, et chacun se dévouant sans compter pour la gloire de l'autre. D'ailleurs, chacun a fortement pesé sur la carrière de son ami. À un moment critique de l'évolution de l'art de Flaubert, Bouilhet est intervenu de façon décisive. C'est lors de la fameuse lecture de la première version de *La Tentation de saint Antoine*, devant Bouilhet et Du Camp, en 1849, quand les deux amis ont dit à Flaubert: «Il faut jeter cela au feu et n'en jamais reparler»[2]. Voulant proposer un sujet de roman qui empêcherait l'écrivain de retomber dans les mêmes excès de lyrisme et de rhétorique, Bouilhet lui a dit: «Pourquoi n'écrirais-tu pas l'histoire de Delamare?», donnant ainsi l'idée de ce qui allait devenir *Madame Bovary*. Mais en plus de cette impulsion décisive, Bouilhet est souvent venu en aide à Flaubert, pour le choix des sujets et pour l'agencement du plan de ses oeuvres, aussi bien que pour des questions d'expression et de détail, comme par exemple la maladie de l'aveugle et son traitement par Homais et d'autres précisions médicales. De son côté, Flaubert a constamment prodigué à Bouilhet des conseils sur la construction de ses drames, sur la meilleure façon de négocier avec les directeurs de théâtre et sur son avenir d'écrivain. Peu sûr de lui-même et sujet à la dépression, Bouilhet a très souvent eu besoin de l'appui de Flaubert, comme celui-ci

---

1 Seule parmi les biographes de Flaubert, Enid Starkie maintient que l'amitié entre Flaubert et Bouilhet était un rapport d'homosexualité. Mais les indices sur lesquels elle fonde cette supposition sont extrêmement fragiles. Il est vrai que dans ses lettres, Flaubert emploie des termes d'affection qui pourraient avoir cours entre homosexuels, mais il fait la même chose avec d'autres amis, et il s'agit sans doute d'une simple plaisanterie. Sartre a d'ailleurs donné de bonnes raisons de croire que, quand Flaubert a eu en Egypte l'occasion de pratiquer l'homosexualité, il s'en est délibérément abstenu (*L'Idiot de la famille*, pp.687-691). En outre, parmi tous les racontars et toutes les médisances dont se composait la vie littéraire sous le Second Empire, peut-on imaginer qu'on aurait manqué d'accuser Flaubert d'homosexualité si les contemporains avaient eu la moindre raison d'y croire? Que l'amitié entre Bouilhet et Flaubert ait été exceptionnellement intime et émotive, n'en doutons pas, mais rien n'incite à aller plus loin.

2 Plus tard, Bouilhet semble avoir laissé entendre que c'était surtout Du Camp qui avait pris l'initiative de cette condamnation. Du moins, c'est ce qu'on peut inférer qu'il a fait aux frères Goncourt: «Bouilhet entre, et il me parle de la susceptibilité infinie de Flaubert. Il me raconte que dans le temps, Maxime Du Camp s'étant permis quelques critiques contre son SAINT ANTOINE qu'il lui lisait, Flaubert en avait été trois mois malade, en avait eu une jaunisse, ce qui avait fort refroidi la mère de Flaubert à l'égard de son ami» (*Journal*, pour le 5 janvier 1862, t.I, p.1079).

le reconnaît dans la *Préface* des *Dernières Chansons*: «celui dont les nerfs sont robustes soutiendra le compagnon qui se décourage». En outre, Flaubert a contribué à détacher Bouilhet de la foi républicaine qui l'animait avant 1848 et à rendre sa conception de la littérature moins subjective et plus scientifique. Les deux hommes en sont venus à partager les mêmes idées sur la science, sur la politique, sur la religion et sur l'art, et de même que physiquement ils se ressemblaient comme deux frères[3], moralement aussi ils se ressemblaient de point en point. Ils avaient le même amour tyrannique et exclusif de la littérature, la même détestation de la vie littéraire - salons, cénacles, académies, manifestations officielles - , le même mépris de la sentimentalité, le même humour ironique et souvent gaulois, le même souci de l'exactitude et la même certitude d'être compris et apprécié par l'autre. Certes, Flaubert avait une personnalité plus tranchée et plus dynamique, mais il ne publiait rien sans l'avoir soumis à l'approbation de Bouilhet, qu'il appelait son «accoucheur» (à George Sand, le [12 janvier 1870]). Sans doute ne suivait-il pas toujours les suggestions de l'autre, mais elles l'aidaient toujours à voir plus clair dans sa propre pensée. Il y a donc eu une incontestable dépendance émotive de part et d'autre. Leur intimité et l'estime òu chacun tenait l'autre se manifestent dans le fait que Flaubert a dédié *Madame Bovary* à Bouilhet, et qu'il a reçu la dédicace de *Melaenis* et des *Fossiles*, tandis que Bouilhet a pris à son compte un souvenir du voyage de Flaubert en Egypte en écrivant le poème «Kuchiuk-Hanem», recueilli dans *Festons et Astragales* et également dédié à Flaubert.

En plus de l'aide qu'ils s'apportaient dans leurs publications séparées, ils ont plus d'une fois procédé à une collaboration en règle, notamment pour la tragédie parodique *Jenner ou l'invention de la vaccine*, qu'ils ont élaborée ensemble par plaisanterie vers 1847, et pour la féerie *Le Château des coeurs*, qu'ils ont composée en 1863 et 1864, de concert avec un autre ami normand, l'homme politique et écrivain Charles d'Osmoy. On conçoit donc que Flaubert ait été absolument bouleversé lorsque, en juillet 1869, Bouilhet mourut, après une maladie de quelques semaines seulement. Les lettres que Flaubert a écrites alors donnent la mesure de son désarroi: «Je viens de mettre en terre une portion de moi-même, un vieil ami dont la perte est irréparable!...» (à Frédéric Fovard, le [22 juillet 1869]); «Ton pauvre géant a reçu une rude calotte dont il ne se

---

3   Chose curieuse, leur ami et collaborateur le comte Charles d'Osmoy avait lui aussi le même physique, au point de faire écrire à Edmond de Goncourt: «Beaulieu affirme que Flaubert, Bouilhet et d'Osmoy étaient trois frères fabriqués par le marquis d'Osmoy. Il y avait en effet une certaine ressemblance ou plutôt un certain air de famille entre ces trois hommes, sauf la capacité de la boîte cérébrale qui était beaucoup plus ample chez Flaubert. Maintenant, je dois le dire, la mère de Flaubert n'avait pas du tout la physionomie d'une bourgeoise qui a fait son mari cocu» (*Journal*, pour le 5 janvier 1883, t.III, pp.221-222). La ressemblance entre Flaubert et Bouilhet continue d'ailleurs à produire des confusions: le prétendu portrait de Flaubert reproduit en frontispice au *Flaubert: the Making of the Master* d'Enid Starkie est en réalité un portrait de Bouilhet.

remettra pas. Je me dis: 'A quoi bon écrire maintenant, puisqu'il n'est plus là! C'est fini les bonnes gueulades, les enthousiasmes en commun, les oeuvres futures rêvées ensemble'» (à Jules Duplan, le [22 juillet 1869]); «C'est une perte pour moi irréparable. J'ai enterré avant-hier ma conscience littéraire, mon jugement, ma boussole, - sans compter le reste!» (à Frédéric Fovard, le [26 juillet 1869]); «Je suis navré, broyé. C'est non seulement ma vie qui se trouve prodigieusement dérangée, mais la littérature. J'ai perdu mon conseiller, mon guide, mon vieux compagnon de trente-sept ans» (à Agénor Bardoux, 12 août [1869]). Bien des années plus tard, Flaubert a confié à Zola que «ses meilleurs souvenirs étaient des nuits passées avec Bouilhet, à fumer des pipes et à causer» (*Les Romanciers naturalistes*, p.183).

Flaubert n'exagérait pas en déclarant que sa vie avait été radicalement changée par ce deuil, et pendant les onze ans qu'il lui restait à vivre, il allait consacrer beaucoup de temps et des efforts extrêmement laborieux à conserver la mémoire de Bouilhet et à célébrer sa gloire. Il s'agissait du désir de rendre service à Léonie Leparfait, sa compagne de vingt ans, et à Philippe Leparfait, son fils adoptif, de la conviction intime que Bouilhet était un génie méconnu, mais peut-être surtout de rester en contact, par-delà le tombeau, avec un ami irremplaçable. C'est ainsi qu'il s'occupa immédiatement de faire publier un choix de poèmes de Bouilhet, ce qui finit par amener une brouille définitive avec Michel Lévy, son éditeur et ami depuis *Madame Bovary*, et de trouver un théâtre pour *Mademoiselle Aïssé*, la pièce que Bouilhet avait terminée deux mois avant sa mort. Il ne se contenta même pas de convaincre le directeur de l'Odéon de créer le drame, il régla les decors et les costumes, il dirigea les répétitions, il dressa la liste des notables à inviter à la première représentation, il se chargea de la publication. Puis il colporta de théâtre en théâtre *Le Sexe faible*, comédie de Bouilhet retrouvée dans ses papiers posthumes et qu'il avait lui-même complétée et remaniée, mais aucun directeur n'en voulut. Il fit la même chose pour *Le Château des coeurs*, la féerie qu'il avait composée en collaboration avec Bouilhet et d'Osmoy mais qu'il présentait comme étant l'oeuvre du seul Bouilhet, avant de se résigner, devant des refus réitérés, à la publier sous les noms des trois co-auteurs. Il n'eut pas plus de chance avec *Le Coeur à droite*, autre comédie en prose, écrite en 1855 et publiée dans une revue en 1859 mais jamais représentée: la chute de *Mademoiselle Aïssé* avait rendu les directeurs de théâtre très réticents à l'égard des oeuvres dramatiques de Bouilhet. C'est également lui qui a obtenu que Lemerre publie une édition des *Poésies complètes* de Bouilhet, dont il corrigeait les épreuves au moment de sa mort en 1880. En plus de ces tentatives au théâtre, Flaubert accepta de présider une commission pour l'érection, dans la ville de Rouen, d'un monument à la mémoire de Bouilhet, ce qui l'engagea dans un long combat avec la Municipalité et des négociations sans fin avec des souscripteurs éventuels, avec des sculpteurs et des statuaires, et avec les autres membres de la commission. Pour un homme qui avait la plus grande répugnance à s'occuper d'affaires financières et à traiter avec les pouvoirs publics, toutes ces activités entraînaient une constante dépense d'énergie et une énorme perte de temps, alors qu'il aurait certainement préféré se consacrer à l'achèvement de *Bouvard et Pécuchet*, tâche écrasante dans laquelle l'aide de Bouilhet lui manquait beaucoup. «Je regrette plus que jamais (sans compter les autres) mon pauvre Bouilhet, dont je sens le besoin à chaque syllabe de *Bouvard et Pécuchet*», écrivait-il à sa nièce Caroline le [21 août 1874]. Il devait d'ailleurs rester en contact permanent avec Léonie Leparfait et son fils Philippe, que Bouilhet avait constitué son légataire universel, mais qui avait grand besoin de conseils avisés pour la gérance de la succession littéraire, d'autant plus que son père adoptif n'avait pas laissé une fortune importante.

On lira plus loin le récit de la publication des *Dernières Chansons* de Bouilhet et de la composition de la préface que Flaubert a écrite pour ce livre, ainsi que l'histoire de la longue querelle avec la Municipalité de Rouen qui a mené à sa lettre ouverte de 1872 et, après sa mort, à l'érection du monument à Bouilhet. Mais déjà avant la disparition de son ami, Flaubert avait secrètement oeuvré à sa gloire en composant le discours qu'Alfred Nion avait prononcé en 1862 quand l'Académie de Rouen avait décerné une médaille à Bouilhet. Les trois écrits appartiennent à des genres tout à fait disparates: un discours académique très cérémonieux, une lettre ouverte fracassante et férocement polémique, et une préface qui est un essai sur la vie et l'oeuvre de Bouilhet. Ils sont cependant liés par la présence à chaque page de Louis Bouilhet, et ils révèlent des aspects très divers et souvent inattendus de la personnalité de Flaubert, d'autant plus que jusqu'ici les spécialistes de Flaubert ont eu tendance à les négliger. C'est pourquoi il semble opportun aujourd'hui de les présenter ensemble pour la première fois. A ces trois oeuvres nous avons joint en appendice un texte pratiquement inconnu, bien qu'il ait été publié en 1872: c'est la note sur les jugements de la critique que Flaubert a placée à la fin de l'édition originale de *Mademoiselle Aïssé*. Le lecteur aura ainsi le totalité des publications que Flaubert a consacrées à son ami.

Le Discours à l'Académie de Rouen

En 1861, l'Académie Impériale des Sciences, Belles-Lettres et Arts de Rouen décida de décerner annuellement des médailles d'honneur pour les meilleurs travaux littéraires dus aux savants et aux écrivains nés ou domiciliés en Normandie. L'année suivante, elle honora de cette façon Louis Bouilhet et l'historien Pierre-Amable Floquet. La tâche de préparer et de lire le rapport sur les lauréats échut au Vice-Président de l'Académie, Alfred Nion, qui était rapporteur de la commission chargé de choisir les lauréats. Nion, né à Bacqueville en 1820, était docteur en droit et avocat à la Cour Impériale de Rouen. Condisciple de Bouilhet et Flaubert au Collège Royal de Rouen, il était resté en termes d'amitié avec eux. Il avait été l'avocat d'Ernest Hamard, beau-frère de Flaubert, dans le différend qui l'avait opposé à la famille Flaubert après la mort de son épouse Caroline. Mais loin d'indisposer l'écrivain contre lui, ce fait avait plutôt renforcé leur amitié, Flaubert ayant estimé qu'il avait agi de la façon la plus honorable. «Il savait fort peu du fond des choses, Hamard lui en avait caché une partie: il avait fait tout ce qu'il avait pu pour le dissuader d'intenter une action; voyant qu'il y tenait, il s'est mis là pour qu'un autre avocat ne prît pas sa place et ne fût violent» (à Ernest Chevalier, le 3 [octobre 1848]). Flaubert le consultait de temps en temps pour des questions de procédure dans ses oeuvres, par exemple *Madame Bovary*, *Le Château des Coeurs* et *Bouvard et Pécuchet*. Quelquefois Nion venait lui rendre visite à Croisset et le régalait des potins de Rouen: Flaubert semble l'avoir trouvé amusant, quoiqu'un peu bavard. Il lui a offert des exemplaires de *Salammbô* et de *Trois Contes*, et lui a même lu, avec Ernest Lemarié, quelques chapitres de *Salammbô*. Des lettres de Nion à Flaubert montrent que les deux hommes se tutoyaient. Lorsque Nion a été chargé d'écrire le discours de l'Académie, il a donc eu l'idée de demander à Flaubert de le rédiger à sa place, soit qu'il n'ait pas eu le temps de le faire lui-même, soit qu'il ait considéré Flaubert comme plus compétent. C'est certainement par amitié pour Bouilhet que Flaubert a accepté un travail qu'il devait trouver rebutant, étant donné sa haine des manifestations officielles et son mépris de toutes les académies. Au sortir d'une séance publique de l'Académie de Rouen en 1854, il avait écrit à Bouilhet, avec une belle explosion de dégoût, «Ah! saint Polycarpe! Tu vois que s'il y a des cochonneries à Paris, la province n'en chôme pas» (le [10 août 1854]). Pourtant, l'occasion de rendre publiquement hommage à Bouilhet, et de venir en aide à un vieil ami, a eu raison des scrupules et des réticences qu'il a pu éprouver, et il s'est mis en devoir de fournir le texte demandé.

Comme le travail devait être fait très discrètement, il a laissé fort peu de traces dans la correspondance de Flaubert, à l'exception d'une brève allusion dans une lettre envoyée le [8 juillet 1862] à Jules Duplan, où Bouilhet est désigné sous le sobriquet de «Monseigneur» que Flaubert lui appliquait à cause de sa prestance physique et ses manières un peu bénisseuses: «Je suis en ce moment dans la confection d'un travail *secret* et farce pour Monseigneur. Il faut que ce soit fait à jour fixe, je me hâte comme un cerf et je bûche comme un nègre». Pour avoir des renseignements sur sa famille, il s'est tourné vers Bouilhet lui-même, et celui-ci les lui a communiqués, tout en le mettant en garde contre un excès d'enthousiasme et contre le désir de se moquer trop ouvertement des académiciens et bourgeois rouennais: «Arrivons maintenant au fameux rapport; je t'avoue que j'ai eu peur, non pas que tu me rendisses ridicule, mais que tu n'y misses trop d'emportement. Nous avons l'habitude, quand nous causons des bourgeois, de leur prêter un estomac à tout gober [...] Bref, tu me rends parfaitement heureux en me promettant des gammes douces - je n'ai pas besoin de voir ton travail - du moment que tu ne dépasses pas les bornes» (le [12 juillet 1862]). Mais Flaubert a jugé plus prudent quand même de soumettre son texte à Bouilhet, qui (le 23 juillet) lui a exprimé toute sa satisfaction: «C'est superbe! - Pas un mot à changer! [...] Karaphon[4], je ne te croyais pas si maître de ton foutre[5]! C'est parfait, je suis on ne peut plus content, reconnaissant, et je t'embrasse avec toutes tes phrases! J'avais eu sottement peur en lisant ta lettre d'annonce! Le ton extra-lyrique m'avait casse-bouleversé! - Il est écrit que je serai toujours un couillon: avoue que je suis un être tragique, en dépit de moi, et que j'ai une fière unité dans la bêtise!» Il est peu probable que Flaubert ait accompli une démarche analogue auprès de Floquet, qu'il ne semble pas avoir connu personnellement et qui n'habitait plus Rouen. Floquet n'a sans doute jamais su que Nion n'était pas l'auteur du discours.

Flaubert a terminé son travail en temps voulu, et dans la séance du 7 août 1862 Nion a lu son discours devant les académiciens et les notabilités de Rouen. *Le Nouvelliste de Rouen*, remarquant que le public se composait de «l'élite de notre population intellectuelle», ajoute que «les dames s'y trouv[aient] réunies en grand nombre». Flaubert s'est abstenu de s'y présenter, et Bouilhet lui-même, prétextant la nécessité de sa présence à Paris pour les répétitions de son drame *Dolorès*, a préféré s'absenter aussi. Dans une lettre à Flaubert, il révèle les véritables raisons de son abstention. «Je ne demande pas mieux que de manquer le voyage de Rouen. J'écrirai mes excuses. C'est une économie de temps, d'argent et d'emmerdement - sans compter la chance de passer, à Paris, quelques heures de plus en ta compagnie» (le [3 août 1862]). On conçoit que les deux hommes, peu faits pour les mondanités, aient préféré ne pas assister à une cérémonie qu'ils auraient sans doute trouvée ennuyeuse et un peu comique. Peut-être auraient-ils eu envie de rire en entendant les honnêtes bourgeois de Rouen applaudir un discours très pompeux et très officiel dû en réalité au scandaleux auteur de *Madame Bovary*. Ils auraient été sensibles aussi à l'incongruité de voir les récompenses accordées à l'historien et au poète suivies d'un prix décerné à ce que *Le*

---

4   Avec diverses graphies fantaisistes, «Karaphon» est le sobriquet que Bouilhet applique souvent à Flaubert dans ses lettres.

5   L'expression vient du marquis de Sade. Jean Bruneau (*Correspondance*, t.III, p.1632) fait remarquer que Bouilhet l'emprunte à *La Nouvelle Justine*, où on lit: «Je te réponds de moi, dit Rombeau, il n'y a personne au monde qui soit plus maître de son foutre».

Journal de Rouen a appelé «un lauréat plus humble, mais non moins méritoire que les deux précédents [...]; c'était une jeune fille, Marie Monime Levasseur qui, sans autre ressource que son travail d'aiguille, nourrit depuis quinze ans une camarade vieille, paralytique et aveugle».

Le discours de Nion a dûment été publié dans *Le Précis analytique des Travaux de l'Académie* pour l'année 1862, où il a dormi pendant près de cent ans, jusqu'au jour, en 1950, où la découverte du manuscrit autographe dans la Collection Spoelberch de Lovenjoul a permis à Claude Digeon de démasquer le véritable auteur. En le composant, Flaubert a dû résister fermement à deux tentations, comme l'a fort bien vu Bouilhet. D'une part, il a dû se retenir d'entonner un éloge excessif de son ami, mais aussi il a dû s'abstenir de se moquer trop ouvertement d'un genre et d'un public qu'il méprisait. Il était tenu de rester dans les bornes de ce qui était acceptable dans un discours académique, sans aller jusqu'à prétendre que Bouilhet était un des plus grands poètes vivants (ce qui était pourtant son opinion), et sans y glisser des plaisanteries ironiques qui auraient risqué de jeter du discrédit sur les lauréats et sur l'orateur. Il a donc joué le jeu très loyalement, adoptant juste le ton habituel de ce genre de manifestation et donnant une fois de plus la preuve qu'il était un pasticheur de grand talent. C'est un genre d'amusement auquel il s'exerçait volontiers. On pense notamment à l'imitation fort réussie du style de Chateaubriand quand il évoque le château de Combourg dans *Par les champs et par les grèves*, au discours du conseiller Lieuvain et à l'article de M. Homais dans *Madame Bovary*, à la lettre en langue rabelaisienne qu'il a envoyée à Bouilhet en décembre 1852 ou à celle, écrite entièrement à la manière de Joseph Prudhomme, adressée à la vicomtesse Lepic en septembre 1872. Il en était de même dans ses conversations, et Jean Pommier («Flaubert et la naissance de l'acteur») nous rappelle qu'il se plaisait à prendre l'accent et les intonations de Marie Dorval, de Frédérick Lemaitre, d'Henri Monnier ou de Napoléon III, sans parler de ces créations imaginaires qu'étaient *L'Idiot des salons*, *Le Garçon* ou *Le Scheik*. Il était donc très bien placé pour se mettre dans la peau d'un autre personnage, celui que Claude Digeon a appelé «l'académicien-modèle». Il y a d'ailleurs si bien réussi que, sans la découverte du manuscrit, personne ne se serait avisé de mettre en doute l'authenticité du discours de Nion.

Il est d'ailleurs instructif de comparer le discours de Nion à cet autre discours officiel dont Flaubert est l'auteur, celui du conseiller Lieuvain aux Comices Agricoles de *Madame Bovary*. Les ressemblances sautent aux yeux. Un trait commun aux deux discours est d'apostropher directement les auditeurs en les appelant «Messieurs». Dans le rôle de Lieuvain , Flaubert emploie l'expression sept fois, et dans celui de Nion une quarantaine de fois, dans un texte qui est environ dix fois plus long. Nion lui-même, trouvant apparemment que Flaubert avait dépassé la mesure, a supprimé la moitié de ces «Messieurs». Les exclamations abondent dans les deux discours, dix dans celui de Lieuvain, seize dans celui de Nion. Lieuvain est un peu plus prodigue dans le nombre de questions qu'il pose pour la forme: huit, alors que Nion n'en pose que sept. Il est vrai que, dans le discours de Nion, Flaubert a naturellement évité les excès par lesquels il ridiculisait Lieuvain. On n'y retrouve pas les images absurdes («Le char de l'Etat parmi les périls d'une mer orageuse»), les pesantes circonlocutions pour désigner des choses quotidiennes («le blé, lequel broyé est mis en poudre au moyen d'ingénieux appareils, en sort sous le nom de farine»), les chutes subites de la grandiloquence dans la banalité («ce modeste animal, ornement de nos basses-cours qui nous fournit à la fois un oreiller moelleux pour nos couches, sa chair succulente pour nos tables, et des oeufs»). Il est vrai aussi que Flaubert a évité le danger de trop bien écrire: dans le discours de Nion, on ne reconnaît pas ces brillantes comparaisons qui abondent dans *Madame Bovary*, ni les envolées lyriques, ni cette prose sonore et harmonieuse qui le caractérise. Les fameuses phrases ternaires n'y sont pas en évidence, ni cet «et» de mouvement qu'il affectionnait dans ses romans. Le style du discours de Nion est d'une élégance très sobre et assez anonyme, comme il convient à la circonstance.

Une fois seulement, à ce qu'il semble, Flaubert n'a pas resisté au désir de se moquer de ses auditeurs. C'est quand il passe en revue les auteurs d'origine normande. Il a fait abstraction de ses propres préférences, afin de flatter le patriotisme régional de son public, en nommant tous ceux qui jouissaient d'une certaine réputation, même s'il les tenait lui-même en piètre estime. Mais entre les noms de Madeleine de Scudéry, qu'il appréciait peu, et Saint-Amant, qui était un de ses poètes favoris, on lit celui d'un certain Granville. Ce nom a une consonance normande à cause du petit port de Granville, dans le Cotentin; il peut avoir appelé à l'esprit de vagues associations littéraires à cause de l'illustrateur et caricaturiste Gérard Granville (1803-1847 - mais celui-ci est né à Nancy). Mais on cherche en vain dans les encyclopédies un Granville (ou Grandville) écrivain. On constate aussi que sur son manuscrit Flaubert a barré ce nom d'un léger trait de plume. Il semble donc que Flaubert ait eu l'idée de glisser parmi les noms d'auteurs normands obscurs mais réels (comme, par exemple, Benserade et Brébeuf) celui d'un auteur totalement fictif. Ainsi, si personne ne remarquait la supercherie (comme cela a été le cas), il se serait donné le malin plaisir de railler discrètement l'ignorance des académiciens. Seulement, à la réflexion, il a dû estimer qu'il jouait là un jeu dangereux, et il a voulu enlever le nom. Mais son trait de plume était si peu appuyé que Nion n'a pas remarqué la correction, et que le nom de cet auteur imaginaire est passé dans le texte imprimé.

Quant à l'autre danger que prévoyait Bouilhet, celui de voir son ami aller trop loin dans l'éloge, là aussi Flaubert a su concilier son désir intime et les exigences de la discrétion. En réalité, Flaubert considérait Bouilhet comme «un homme de génie» (le mot est prononcé dans une lettre à Philippe Leparfait du [16 août 1869]),et Maxime Du Camp s'est cruellement moqué de son enthousiasme, en l'exagérant de façon à laisser entendre que Flaubert était dépourvu de discernement: «il a cru que Bouilhet était le plus grand poète du XIXe siècle ; il me l'a dit, ce qui était sans conséquences, mais il l'a dit à d'autres, et c'est Bouilhet qui en a souffert.» (*Souvenirs littéraires*, t.II, p.330). En fin de compte Flaubert a eu soin de ne pas se laisser emporter, et son éloge de Bouilhet est entier mais pondéré. S'il prononce les noms de Lucrèce, de Corneille, de Voltaire et de Goethe, ce n'est pas pour prétendre que Bouilhet soit leur égal, mais simplement pour donner une idée de sa tournure d'esprit et de ses intérêts. On remarque même un certain nombre de changements sur le manuscrit, apparemment destinés à tempérer des louanges qui risquaient de paraître excessives. C'est ainsi qu'il renonce à appeler le cinquième acte de *Madame de Montarcy* «admirable» et à traiter ceux qui ont contesté le talent dramatique de Bouilhet d'«esprits chagrins et malveillants». En somme, il n'exprime pas plus d'admiration pour Bouilhet que pour Floquet.

D'ailleurs, il n'a pas eu à se forcer pour faire l'éloge de ce digne représentant d'une école d'historiographie pour laquelle il avait un très grand respect. Flaubert avait horreur des historiens qui utilisaient l'Histoire à des fins moralisatrices; il n'aimait que ceux dont le but était d'établir, avec minutie et impartialité, la vérité sur le passé, sans le juger avec des idées modernes. Pour lui, la fondation de cette nouvelle école d'historiographie était une des grandes conquêtes du dix-neuvième siècle. «Le *sens historique* est tout nouveau dans ce monde. On va se mettre à étudier les idées comme les faits, et à disséquer les croyances comme des organismes» (à Mlle Leroyer de Chantepie, le 18 février 1859); «le sens historique date d'hier et c'est peut-être ce que le XIXe siècle a de meilleur» (à Edmond et Jules de Goncourt, le 3 juillet [1860]). Il se plaît donc à comparer Floquet à Daunou et à Augustin Thierry, dont il fait l'éloge dans *Bouvard et Pécuchet*, parce qu'ils n'ont pas cherché à «gourmander les rois, conseiller le peuple, offrir des exemples moraux» ou «venger la morale». De même, il félicite Floquet d'appartenir à une école «qui laisse à d'autres les théories, marche avec prudence pour éviter les chutes, ne passe à un second fait qu'après avoir enquis le premier complètement, cherche des preuves partout, s'appuie sur tout, ne dédaigne rien et travaille avec lenteur, parce qu'elle construit avec solidité» (il est évident que ces termes s'appliquent aussi bien aux méthodes de travail de Flaubert qu'à celles de Floquet). Mais Flaubert le loue non seulement pour son «sage esprit d'examen» et son «rationalisme fondé sur l'étude scrupuleuse des faits», mais aussi pour son «vif sentiment du pittoresque». C'est là précisément le mélange de qualités qu'il prisait dans les oeuvres de Michelet, comme il l'a confié à l'historien le 26 janvier [1861], à propos des ouvrages qui l'avaient passionné dans sa jeunesse: «Ces pages (que je retenais par coeur involontairement) me versaient à flots tout ce que je demandais ailleurs, vainement: poésie et réalité, couleur et relief, faits et rêveries. Ce n'étaient pas des livres pour moi, mais tout un monde». Floquet ne s'est pas contenté de rassembler une immense documentation sur Rouen, il nous a «transportés au milieu de la vieille cité normande». Flaubert s'étend bien plus sur ses vivantes évocations du passé de la ville de Rouen que sur les travaux qu'il a consacrés à Bossuet, qui ont pourtant continué à faire autorité jusqu'à la fin du siècle et même au-delà. Sans doute est-ce en partie pour complaire à l'Académie de Rouen, très fière de l'histoire de sa ville; sans doute est-ce aussi parce qu'il estimait peu Bossuet, dont il a fini par dire: «L'aigle de Meaux me paraît décidément une oie» (à Guy de Maupassant, 15 août 1878). Mais c'est sans doute surtout parce qu'il aimait particulièrement les livres d'Histoire qui lui permettaient, par leur couleur et leur choix de détails caractéristiques, de revivre par l'imagination une époque révolue. Il pensait, comme le Jules de la première *Education sentimentale*, que «les poèmes épiques sont moins poétiques que l'histoire» quand l'historien sait recréer le passé sous ses propres couleurs et non sous celles des temps modernes.

La partie du discours consacrée à Floquet n'est donc nullement un éloge de commande. Flaubert a profité de l'occasion pour dire des choses qui lui tenaient à coeur sur la bonne façon de concevoir et d'écrire l'Histoire. Il a été toute sa vie un lecteur assidu de livres d'Histoire, et il avait des opinions fermes et bien informées sur les devoirs et les plaisirs de l'historiographie.

Quand il en vient à Bouilhet, il procède de la même manière et situe son éloge sur un fond de vérités qu'il croit essentielles. Quand Flaubert nomme parmi les traits marquants du génie normand le bon sens, l'enthousiasme, l'abondance, la richesse, l'aspiration vers la grandeur, l'amour de la métaphore, il parle de qualités qui lui sont spécialement chères, et qui éclatent dans ses propres oeuvres. De même, quand il loue Bouilhet pour sa connaissance du latin et du monde romain, quand il constate combien son érudition est solide, quand il note son refus d'étaler son individualité, et quand il souligne son indépendance des écoles et des systèmes, il se réfère implicitement à ses propres principes. Il parle pour lui-même aussi quand il condamne la calomnie, la sottise, les vanités, et la médiocrité qui, dit-il, dominent la vie littéraire. Mais s'il a pu parler des principes d'historiographie de Floquet sans sortir du rôle de l'avocat provincial qu'était Alfred Nion, n'étant pas lui-même historien de profession, il a été obligé d'être très circonspect en présentant les principes littéraires de Bouilhet. S'il approfondissait trop les questions d'esthétique sur lesquelles Bouilhet et lui ne cessaient de réfléchir depuis une vingtaine d'années, il risquerait fort de se trahir. C'est ainsi qu'en parlant des défauts de la vie littéraire, il a recours à un petit subterfuge: il intercale les mots: «m'a-t-on dit»; comment en effet Nion aurait-il pu avoir l'expérience de ces vices? Il a donc soin de rester dans les généralités et de ne pas aborder les aspects plus spécialisés de la création littéraire qu'il s'attache à analyser dans la *Préface* des *Dernières Chansons*, quand rien ne l'empêche de dire toute sa pensée.

Il donne donc une liste presque complète des qualités communes à Bouilhet et à lui-même - mais il y manque une seule chose, qui était pourtant à ses yeux d'une importance capitale. C'est l'humour et l'ironie. A l'origine, il avait eu l'intention d'en parler aussi, et, au cours de sa discussion d'*Hélène Peyron*, avait écrit: «Un côté nouveau du talent de M. Bouilhet, l'esprit comique et qu'il avait répandu dans sa seconde pièce à profusion, se manifeste dans la troisième plus évidemment encore». Puis il a barré cette phrase, estimant peut-être qu'il pouvait paraître déplacé de mentionner l'humour dans un discours qu'il voulait extrêmement solennel. Cette lacune sera d'ailleurs comblée dans la *Préface* des *Dernières Chansons*. Mais, à part cela, on peut penser qu'en faisant l'éloge des oeuvres de Bouilhet, Flaubert y décèle des qualités qu'il distinguait dans ses propres écrits et qu'il jugeait indispensables à toute littérature digne du nom.

Une ou deux fois cependant, Flaubert se permet d'exposer des préférences personnelles parmi les oeuvres de Bouilhet. C'est le cas quand il met *Les Fossiles* au-dessus de *Melaenis*, ce qui n'était sans doute pas l'opinion générale. A l'époque de la composition des *Fossiles*, il avait déclaré à Louise Colet que c'était «une chose très forte», «une grande chose» et que Bouilhet marchait «dans les voies de la poésie de l'avenir» (lettres du [16 avril] et du 2 juin [1853]), tandis que dans *Melaenis* il a blâmé une certaine tendance au mélodrame et la fin du poème, qu'il a trouvée «trop courte et trop fouaillée» (lettre à Bouilhet du 2 juin [1850]). C'est également une vue personnelle quand il déclare *L'Oncle Million* supérieur à *Madame de Montarcy* et à *Hélène Peyron*. Peut-être est-ce un peu pour consoler Bouilhet de l'échec de cette pièce, qui n'a pas eu le succès des deux autres. Mais la *Préface* révèle qu'il avait un faible pour cette comédie, qui traite du thème assez flaubertien d'un jeune poète incompris dans une famille bourgeoise.

En revanche, pour se plier aux conventions d'un éloge académique, il cache une partie de sa pensée. Dans la *Préface*, il avoue qu'il n'aime pas «dans *Madame de Montarcy* le caractère de Louis XIV trop idéalisé», mais ici, s'il mentionne ce reproche possible, c'est pour le réfuter aussitôt: «Son Louis XIV et sa Maintenon ne sont-ils pas le Louis XIV et la Maintenon conventionnels plutôt que ceux de l'histoire? Mais, en s'appuyant sur les découvertes contemporaines qui démentent si fort la tradition, l'auteur, peut-être, eût compromis son oeuvre?» En outre, quand il parle des études médicales de Bouilhet, il s'abstient de nommer son véritable maître, qui avait été le docteur Achille-Cléophas Flaubert, et cite plutôt le docteur Hellis, à la fois pour faire un compliment à un membre de l'Académie et pour ne pas attirer l'attention sur le nom de Flaubert.

Il est incontestable que ce discours est une curiosité littéraire bien plus qu'une oeuvre importante. La nécessité de préserver l'anonymat, l'obligation de respecter les lois du genre, l'impossibilité de trop approfondir des questions d'esthétique ont interdit à Flaubert d'y être pleinement lui-même. Mais c'est un très bel exemple de l'esprit protéiforme qui lui permettait d'être tantôt Emma Bovary, tantôt saint Antoine ou tantôt même l'académicien-modèle, tant et si bien que pendant près d'un siècle personne n'a soupçonné la vérité sur l'attribution du texte. C'est aussi un éloge discret, mais perspicace et juste, des oeuvres de Bouilhet et Floquet, où Flaubert réussit le tour de force d'écrire un éloge de son meilleur ami sans hypocrisie et sans flatterie. Il trouve moyen d'y incorporer une analyse des qualités qu'il prise le plus dans la littérature et une déclaration de principe sur le métier d'historien. Mais surtout c'est un remarquable témoignage du culte de l'amitié chez Flaubert, qui a accepté d'interrompre sa révision du manuscrit de *Salammbô* pour se consacrer à un travail difficile et contraignant, uniquement pour rendre service à deux amis, qui seraient d'ailleurs les seuls à savoir la part qu'il y avait prise.

La Lettre à la Municipalité de Rouen

Pour saisir tout le sens de cette lettre ouverte, il est nécessaire de remonter jusqu'à l'époque de la mort de Bouilhet et de retracer les circonstances qui ont amené Flaubert à publier un texte aussi véhément.

C'est à l'enterrement même de Bouilhet, le 20 juillet 1869, que le projet d'un monument à sa mémoire a été mentionné pour la première fois. L'idée est venue du préfet de la Seine-Inférieure, le baron Ernest Leroy, qui s'en est ouvert à Flaubert, juste avant que celui-ci, accablé d'émotion, n'ait été obligé de quitter le cimetière, emmené par son frère et un ami. Quelques jours plus tard, une commission s'est constituée pour mener le projet à bien, et Flaubert, qui avait conduit le deuil à l'enterrement, en a été nommé président. Selon ce qu'il écrit à Jules Duplan le [22 juillet 1869], la première idée a été de faire «un petit tombeau convenable et un buste qu'on mettra au Musée». On a aussitôt commencé à dresser des listes de souscripteurs éventuels, et la récolte des fonds a continué pendant plusieurs mois. En plus d'appels à des particuliers, il y a eu, au début de 1870, une représentation spéciale à l'Odéon, où des artistes du Théâtre Français et de l'Opéra ont récité des extraits des oeuvres de Bouilhet et interprété ses poèmes mis en musique. En mai 1870, Flaubert a sollicité une subvention du Ministère des Beaux-Arts, mais le Ministre lui a répondu que le projet devait d'abord être autorisé par le Ministère de l'Intérieur et le Conseil Général des Bâtiments Civils. Bien entendu, la guerre et la Commune ont interrompu ces préparatifs, et quand la Commission s'est de nouveau réunie en juillet 1871, elle a adopté une suggestion de Flaubert quelque peu différente de l'intention originelle. C'était d'ériger un tombeau au Cimetière Monumental de Rouen, mais aussi et surtout de faire construire une fontaine publique avec un buste de Bouilhet au centre de la ville de Rouen. Le 2 août 1871, Flaubert a donc écrit à M. Nétien[6], maire de Rouen, pour lui faire part de cette proposition et pour demander un emplacement:

> Lors de la mort de Louis Bouilhet, une souscription fut ouverte pour lui élever un monument.
> La commission nommée à cet effet, et dont je suis le président, a pensé qu'un tombeau n'était pas la meilleure façon d'honorer la mémoire de notre ami.[7]
> Elle vient donc, Monsieur le Maire, proposer à la ville de Rouen de bâtir une petite fontaine ornée du buste de Louis Bouilhet, dans une des rues ou sur une des places de Rouen. Nous pouvons disposer d'une somme d'environ douze mille francs.
> Il va sans dire, Monsieur le Maire, que le dessin du monument serait soumis à votre approbation.
> Je n'ai pas besoin d'insister sur la convenance de notre idée, étant sûr d'avance que vous en serez le défenseur.
> Je vous prie, Monsieur le Maire, d'agréer l'hommage de mon profond respect.
> [...] Nous ne pouvons faire le plan et le devis, avant de connaître l'emplacement que vous déciderez.

La proposition était astucieuse, en ce sens que ce qui était offert à la ville de Rouen était une fontaine, objet d'utilité publique, alors que si on avait proposé une statue de Bouilhet, il était prévisible que le Conseil Municipal aurait réagi comme Maxime Du Camp qui, dans ses *Souvenirs littéraires*, a feint de croire que Flaubert avait réellement voulu ériger une statue à Bouilhet, alors qu'il savait parfaitement à quoi s'en tenir

---

6   Etienne-Benoît Nétien (1820-1883) a succédé à Verdrel comme maire de Rouen, et est réputé avoir montré beaucoup de fermeté avec les forces d'occupation prussiennes.

7   Cette phrase est peut-être malencontreuse, car elle a pu autoriser le soupçon que la Commission avait indûment changé la destination de la souscription. En réalité, il a toujours été question d'un monument en plus d'un tombeau.

mais ne voulait pas perdre une occasion de se moquer de la démesure de son ami: «il était de bonne foi et s'enivrait de sa propre opinion. A peine Bouilhet fut-il mort qu'il voulut lui faire élever une statue sur une des places publiques de Rouen. Une statue à Rouen, en parallèle avec celle de Corneille! Il n'y avait même pas réfléchi» (t.II, p.330). Nétien n'a pas fait de difficulté pour accepter la proposition de la Commission, mais il fallait la soumettre au Conseil Municipal, et pour cela, il était nécessaire d'attendre la préparation d'un rapport, qui a été confiée à deux membres du Conseil, MM.Decorde[8] et Baudry[9]. Au début de décembre, Flaubert a appris que le rapport était défavorable, et lorsque le Conseil Municipal s'est réuni le 8 décembre, il a été décidé, par treize voix contre onze, de rejeter la demande de la Commission. Le 17, Flaubert a écrit au Maire pour savoir officiellement ce qui s'était passé, et le lendemain, le Maire lui a envoyé le compte rendu de la séance tel qu'il venait de paraître dans un journal de Rouen, avec un vague mot de regret: «le résultat de sa délibération, Monsieur, n'a pas été favorable aux voeux de la Commission, mais vous comprendrez que la question prêtait à des divergences d'opinions» (BMR)[10]. Aussitôt, Flaubert a découpé l'article du journal et en a collé les morceaux sur des papiers de support de dimensions plus importantes, afin de se ménager des marges où il a griffonné au crayon ses premières réactions de fureur (BMR). Les motifs du refus étaient, au moins ostensiblement, ceux que Flaubert cite dans sa lettre: que la Commission avait indûment remplacé l'idée d'un tombeau par celle d'une fontaine, que cela risquait d'entraîner des frais pour la Municipalité, que Bouilhet n'était pas né à Rouen, et enfin que c'était trop d'honneur pour le poète, surtout si son drame *Mademoiselle Aïssé*, dont on attendait la création, n'était pas un succès. La colère de Flaubert était d'autant plus forte que cette rebuffade non seulement mettait en question le projet du monument mais pouvait porter préjudice à *Mademoiselle Aïssé* et à la vente des *Dernières Chansons*, dont la publication était imminente. Mais évidemment ce qui l'a le plus agacé, c'était l'idée que les conseillers avaient osé émettre une opinion défavorable sur les oeuvres du poète.

Quand Flaubert a appris l'échec de sa démarche, il a presque aussitôt décidé de protester publiquement, dans les termes les plus violents, ainsi qu'il l'a annoncé à Philippe Leparfait le [22 décembre]: «je veux cingler, jusqu'au sang, les fesses du Conseil municipal». Bien entendu, il ne

---

8 Jacques-Adolphe Decorde, né à Rouen en 1817 et décédé en 1901, a été secrétaire et archiviste de l'Académie de Rouen. Il était avocat de son métier, mais il a publié beaucoup de poèmes et d'articles savants. De 1872 à 1874 il a été adjoint au maire de Rouen.

9 Marie-Frédéric-Paul Baudry né à Rouen en 1825, a été membre de la Commission des Antiquités de la Seine-Inférieure, archiviste de la Société des Bibliophiles normands et collaborateur de plusieurs journaux et revues scientifiques.

10 Nous utilisons ce sigle pour désigner les manuscrits conservés à la Bibliothèque municipale de Rouen. Voir «Principes d'édition», p. L.

s'agissait pas d'une tactique réfléchie mais d'un irrésistible mouvement d'indignation, dont il ne cherchait pas à prévoir les conséquences éventuelles. Il s'est mis, à la hâte, à rassembler la documentation dont il avait besoin pour sa lettre ouverte, faisant appel à beaucoup d'amis de Rouen pour les renseignements qu'il ne pouvait procurer lui-même, étant retenu à Paris par les répétitions de *Mademoiselle Aïssé*. Il a demandé à Pierre Allais de lui envoyer le rapport de Decorde et Baudry, le discours de Nion devant l'Académie en 1862 dont il n'avait pas gardé le double, et aussi les vers que Decorde avait publiés dans les *Travaux* de l'Académie. Et afin de démontrer l'incurie et l'incompétence du Conseil Municipal, il a invité divers alliés, notamment Charles Lapierre, directeur du *Nouvelliste de Rouen*, et les hommes politiques Raoul Duval et Agénor Bardoux, à lui fournir des détails sur les intérêts locaux négligés par le Conseil.   Afin de montrer qu'il n'était nullement excessif de vouloir ériger un buste en l'honneur d'un homme de la trempe de Bouilhet, qui valait bien mieux que les nullités qui avaient leurs statues dans diverses villes de France, il a demandé aux mêmes amis de lui signaler les statues récemment élevées à des gens moins distingués que le poète. C'est ainsi qu'il a écrit à Raoul Duval le [25 décembre 1871] pour lui demander: «pourriez-vous recueillir vos souvenirs de voyage en France et me dire quelques-unes des *statues bêtes contemporaines*, c'est-à-dire élevées à des imbéciles ou à des médiocrités dans les différentes villes de France?», et le [7 ou 8 janvier 1872], il a posé la même question à Agénor Bardoux: «Quelles sont dans les différentes villes les statues érigées à des hommes de deuxième et quinzième catégorie?» Il a également demandé aux deux hommes de lui indiquer les vrais grands hommes qui n'avaient pas de statue dans leur ville natale. Il a chargé Lapierre de s'informer des sommes que le Conseil avait versées pour la statue de Napoléon 1er, coûteusement inaugurée en 1865, visiblement dans le dessein de flatter Napoléon III. Il s'est ainsi constitué un stock d'arguments qu'il pouvait utiliser dans sa lettre, qui a été rédigée très rapidement pour qu'elle puisse sortir simultanément avec la publication des *Dernières Chansons* et la création de *Mademoiselle Aïssé*. Ayant appris par sa belle-soeur que les anciens élèves du lycée de Rouen se proposaient de protester contre la décision du Conseil, il a écrit à Philippe Leparfait, la veille de Noël 1871: «Il faut que tout à la fois leur tombe sur la crête: 1o le retentissement de la première; 2o le volume; 3o mon article; 4o la demande des élèves».

En effet, d'autres que Flaubert et sa Commission commençaient à manifester leur désapprobation de la décision du Conseil Municipal. La presse parisienne s'en était émue: Alexandre Dumas avait publié une lettre de protestation, et dans *Le Journal des Débats*, Jules Janin avait fait paraître un article indigné. Un Rouennais nommé Emile Fremont avait écrit à la Commission pour fustiger le refus du Conseil et pour offrir un emplacement qui lui appartenait (BMR). De son côté, Charles Lapierre, du *Nouvelliste*, avait, le 31 décembre 1871, fait à Flaubert une proposition originale, destinée à embarrasser publiquement le Conseil: «La rue Lafayette, à St. Sever, comme chemin de l'Etat, route 138 de Rouen à Bordeaux, n'appartient pas à la municipalité. Elle est complètement dans les attributions de l'administration des ponts et chaussées, qui accorderait l'emplacement pour la fontaine et le buste, si on le lui demandait poliment. Voyez-vous d'ici sur un monument élevé en plein faubourg une inscription constatant le mauvais vouloir du conseil municipal et l'acquiescement des ponts et chaussées? Quelle réhabilitation des X et quel nez feraient nos édiles!» (BMR). Mais comme Flaubert et ses collègues de la Commission tenaient absolument à remporter une victoire complète et à obtenir un emplacement en plein centre de Rouen, ils ont décliné ces offres.

En attendant, Flaubert a continué la préparation de sa lettre ouverte avec l'aide des renseignements fournis par ses amis, surtout Charles Lapierre, qui se réjouissait d'avoir pour son journal la primeur d'un texte qui promettait d'être sensationnel. Lapierre écrivait régulièrement à Flaubert pour l'inciter à terminer son travail aussi rapidement que possible. L'intention était de la faire paraître d'abord dans *Le Nouvelliste*, puis de la faire reprendre par *Le Temps* de Paris. Mais, lorsque, le 17 janvier 1872, Lapierre a enfin reçu le texte de Flaubert, il en a été horrifié. Il s'était naturellement attendu à une vive attaque contre le philistinisme de certains conseillers municipaux, mais il ne savait pas que Flaubert allait s'en prendre férocement à la bourgeoisie tout entière. Il a donc aussitôt télégraphié à Flaubert à Paris: «Je suis désolé impossible de publier votre lettre elle ferait sauter le journal vous écrirai ce soir» (BMR). L'écrivain a dû lui répondre sur le champ par une dépêche où il proposait à Lapierre de publier la lettre d'abord dans un journal de Paris, de sorte que *Le Nouvelliste* pourrait la citer sans en prendre toute la responsabilité. La lettre que Lapierre lui a envoyée dans la soirée mérite d'être reproduite en entier: elle est extrêmement éloquente et montre très clairement la profondeur de l'affection que Flaubert pouvait inspirer à ses amis mais aussi la consternation que pouvait provoquer la violence de sa conduite.

Rouen, le 18 janvier 1872

Mon cher ami,
Vous ne pouvez vous figurer dans quel état de perplexité je suis depuis que j'ai lu votre trop éloquent factum. Je n'ai pas dormi et ma femme qui prend la chose à coeur est malade à l'idée de la contrariété que peut causer à l'ami Flaubert la non-publication dans le journal de sa lettre.

Mettez-vous cependant à ma place. Je suis malheureusement l'organe de la bourgeoisie et vous la trépignez. Le conseil municipal est mon oeuvre et vous le foulez aux pieds dans le passé, le présent et l'avenir. Jamais mes propres sentiments n'ont été aussi vivement aux prises avec mes nécessités de fonction.

J'ai charge d'intérêts, et le pétard que vous lancez ferait un tel effet dans le *Nouvelliste* qu'il me vaudrait, j'en suis convaincu, et je ne suis pas un trembleur, un grave préjudice pour le présent et de grands embarras pour l'avenir. Etant donné que je ne peux rien supprimer, rien remplacer par des lignes de points, on me rendrait directement responsable de l'insertion de ce réquisitoire foudroyant qui embrasse tous les Rouennais. Avec mon expérience, je calcule que 4 ou 500 abonnés me renverraient leur journal. Ai-je le droit d'encourir cette mauvaise chance?

Vous n'y allez pas de main morte, et la lettre d'Alexandre Dumas était du confetti[11] auprès de la vôtre. La fin est du Tacite et nos esprit défaillants ne sont pas habitués à cette nourriture.

Ma grande préoccupation est l'idée que vous pouvez vous faire de mes scrupules, et j'en suis ennuyé au-delà de ce que je pourrais vous dire, tant je tiens à votre estime et à votre amitié. J'ai donné trois fois votre lettre à la composition et trois fois je l'en ai retirée.

La solution que m'apporte votre dépêche me paraît sensée et pratique. Une lettre de ce calibre ne peut sans danger trouver *in extenso* asile dans un organe de la localité.

Publiez-la dans un journal de Paris. Je l'imprimerais en brochure avec affiches, et peut-être alors avec restrictions et regrets pourrons-nous nous en emparer, les citations nous étant alors permises. C'est la différence du texte au compte rendu.

J'attends samedi votre réponse, mais pour Dieu ne vous en prenez qu'à l'âpreté de votre talent d'une impossibilité dont je gémis.

Et surtout ne gardez aucune rancune à celui qui s'inquiète de vous donner un mécompte et qui pourtant vous aime de tout son coeur.

Ch.-F.Lapierre.

Répondez-moi de suite. (BMR).

La lettre a donc paru d'abord dans *Le Temps* du 26 janvier et quelques jours plus tard en librairie, avec comme nom d'éditeur Michel Lévy,

---

11 L'écriture de Lapierre est claire et lisible, et il a certainement écrit «du concetti». Mais étant donné que le mot «concetti» est nécessairement pluriel et ne présente aucun sens ici, il faut croire que c'est un lapsus pour «confetti», qui peut s'employer au singulier.

Flaubert ayant écrit à Lévy que Lapierre «me prévient qu'il mettra votre nom sur la couverture. Ainsi vous êtes encore mon éditeur. Je crois que cette petite élucubration ne vous déshonorera pas» ([janvier 1872]). En même temps, Flaubert essayait de coordonner sa campagne contre le Conseil Municipal avec la propagande qu'il faisait en faveur de *Mademoiselle Aïssé*. C'est ainsi qu'il a mandé à Agénor Bardoux: «Il faudrait dès maintenant, par toi ou tes amis, circonvenir autant que possible *tous* les journaux où il y aura des comptes rendus d'*Aïssé*, et que cette phrase ou une équivalente fût insérée à la fin de l'article louangeur sur *Aïssé* [...] 'Comment se fait-il que le Conseil municipal de Rouen ait refusé d'accepter gratis une fontaine, etc.'» (le [30 décembre 1871]). Pendant cette période de travail acharné pour servir la mémoire de son ami, où à la querelle avec la Municipalité s'ajoutaient les soucis des répétitions de *Mademoiselle Aïssé* et la préparation de l'édition des *Dernières Chansons*, la fatigue et l'énervement avaient réduit Flaubert à un état d'irritation et d'abrutissement qui l'inquiétait lui-même («Je suis brisé, ahuri»: à Agénor Bardoux, le [30 décembre 1871]) et qui a beaucoup frappé Edmond de Goncourt, toujours prompt au dénigrement: «Flaubert est si grincheux, si cassant, si irascible, si érupé, à propos de tout et de rien, que je crains que mon pauvre ami ne soit atteint de l'irritabilité maladive des maladies nerveuses à leur germe» (*Journal*, 17 janvier 1872, t.II, p.869). Cette mauvaise humeur, aggravée par l'état de santé de sa mère, est certainement en partie responsable de l'intempérance de sa lettre, que certains de ses amis lui ont reprochée. Maxime Du Camp, par exemple, écrit dans ses *Souvenirs littéraires*: «Le conseil municipal montra peu d'empressement, et Flaubert, qui ne sut se maintenir, lui adressa une brochure dont l'aménité n'est point le caractère dominant. Dans le fond, il avait raison; il eut tort dans la forme. Certes il était irritant de voir le mérite littéraire de Bouilhet contesté par des conseillers municipaux au milieu desquels siégeait un rimailleur qui avait commis des vers que tout mirliton eût répudiés; mais un peu de modération n'eût pas été superflue» (t.II, p.330). L'opinion de George Sand n'était pas très différente, bien qu'elle l'ait exprimée avec beaucoup plus de ménagement et de compréhension: «tu es trop colère, c'est-à-dire trop bon, et trop bon pour eux. Avec un homme *amer* et vindicatif, ces butors seraient moins rancuneux et moins hardis. Vous les avez toujours brutalisés, Bouilhet et toi, à présent ils se vengent sur le mort et sur le vivant» (*Correspondance Flaubert-Sand*, p.369). Piqué par ce reproche de sa vieille amie, Flaubert s'est défendu avec fermeté: «Non, chère Maître, ce n'est pas vrai! Bouilhet n'a jamais blessé les bourgeois de Rouen; personne n'a été plus doux envers eux, je dis même plus couard, pour exprimer toute la vérité. Quant à moi, je m'en suis écarté. Voilà tout mon crime. [...] Si j'avais gardé le silence, on m'aurait accusé d'être un lâche. J'ai protesté naïvement, c'est-à-dire brutalement. Et j'ai bien fait. [...] Je crois qu'on ne doit jamais commencer l'attaque. Mais quand on riposte, il faut tâcher de tuer net son ennemi. Tel est mon système. La franchise fait partie de ma loyauté. Pourquoi serait-elle moins entière dans le blâme que dans l'éloge? Nous périssons par l'indulgence, par la clémence, par la *vacherie*, et (j'en reviens à mon éternel refrain) par le manque de justice» (le [28 janvier 1872]).

Mais tout en étant convaincu qu'il n'aurait pas pu se taire, Flaubert s'est quand même demandé s'il n'avait pas été trop loin dans son indignation, comme il l'a avoué à Mme Roger Des Genettes: «J'ai peut-être eu tort de l'écrire. Mais le silence eût été de la lâcheté, et puis tant pis! J'ai expectoré ma bile, ça me soulage» (le [28 janvier 1872]). Cependant, malgré ses protestations et malgré toute la publicité fait autour de *Mademoiselle Aïssé* et de la publication des *Dernières Chansons*, le Conseil Municipal ne s'est pas laissé fléchir et a refusé de revenir sur sa décision. Paul Baudry, co-auteur du rapport défavorable, a même écrit au maire de Rouen pour réaffirmer son opinion. Quelques années plus tard, Flaubert a eu accès à cette lettre, qui l'a confirmé dans son soupçon qu'en réalité l'hostilité des rapporteurs envers Bouilhet provenait de leur catholicisme[12]: «la lettre de M. Baudry est un monument de bêtise et de sourde envie. Le coeur du clérical y palpite» (au docteur Le Plé, le 20 avril 1877). Cette lettre a tellement frappé Flaubert qu'il en a recopié des extraits, apparemment, comme le pense Pierre-Marc de Biasi, pour l'insérer dans quelque futur sottisier:

D'ailleurs, s'il suffisait pour mériter d'avoir son image sur quelque place ou dans quelque carrefour, d'avoir fait une excursion plus ou moins sérieuse dans le domaine des Lettres, n'y aurait-il pas lieu de craindre que nos voies publiques ne fussent un jour obstruées par une foule d'images et de représentations dont le souvenir n'aurait véritablement rien de sérieux ni d'utile?

(Lettre ms. de M. Paul Baudry à M. le maire de Rouen, 30 janvier 1872, à propos de la fontaine Bouilhet).

L'auteur de la lettre comprendrait très bien 'qu'un hommage fût rendu à M.Pottier, à Poterat, à de la Salle'. 'A côté de ces hommes et de bien d'autres encore, M. Louis Bouilhet a-t-il des titres suffisants pour mériter la distinction qu'on sollicite pour lui? Son mérite est loin d'être incontestable, tant sous le rapport

---

12 Etant donné que parmi les publications de Baudry figurent un recueil de *Cantiques pour le mois de Marie à l'usage de la paroisse de Saint-Gervais* et plusieurs études d'églises, de fêtes religieuses et de communautés monastiques à Rouen, Flaubert a probablement raison de voir en lui un catholique fervent, comme l'implique d'ailleurs la dernière phrase de sa lettre.

littéraire que eu égard aux sujets choisis et traités'»
(*Carnets de travail*, p.576)
Bien entendu, la Commission n'a pas renoncé à son projet. L'argent était
là, et une liste conservée à la Bibliothèque Municipale de Rouen montre
qu'il y avait eu au moins 300 souscripteurs (BMR). Des réunions ont
donc eu lieu, par exemple le 29 juin 1872 et le 2 février 1873, et les
membres ont décidé d'écarter l'idée d'accepter un emplacement ailleurs
qu'au centre de la ville, et d'attendre un changement dans la composition
du Conseil. Ce n'est donc qu'en juin 1875 que Flaubert est revenu à la
charge avec une nouvelle lettre très officielle et où il a cherché à
répondre à certaines objections soulevées lors de la première demande:

Monsieur le Maire, Messieurs les Adjoints, Messieurs les
membres du Conseil municipal.
A la mort de Louis Bouilhet, une commission se forma dans le
but de lui ériger un monument.
Quand les fonds furent trouvés, nous offrîmes à la municipalité
de Rouen de faire construire à nos frais, et à son choix, sur une
des places ou dans une des rues de la ville, une petite fontaine,
surmontée du buste de Louis Bouilhet. Le dessin de cette fontaine
eût été soumis au Conseil municipal, et nous nous engagions, quoi
qu'il pût advenir, à ne l'entraîner dans aucune dépense.
Tel fut, Messieurs, l'objet d'une requête que j'adressai il y a
trois ans à l'administration qui vous a précédés.
Elle méconnut nos intentions et refusa le don gratuit que nous
voulions faire à la ville.
Mais, confiant en vos lumières, j'ose aujourd'hui, Messieurs,
renouveler près de vous notre proposition.
Vous comprendrez, nous en sommes sûrs, que les gloires
(même secondaires) doivent être honorées et que notre
monument, dû tout entier à l'initiative individuelle, ne peut être
que d'un bon exemple pour quiconque a souci des lettres.

Pourtant, pour des raisons qu'on ignore, le Conseil municipal n'a pas
daigné prendre en considération cette demande, de sorte qu'après avoir
attendu un an de plus, Flaubert a décidé de la soumettre une nouvelle
fois. C'est ainsi que le 30 juillet 1876 il a adressé deux lettres au maire,
l'une pour lui rappeler que la requête de l'année précédente était restée
sans réponse et l'autre pour refaire la demande, à peu près dans les
mêmes termes, sauf qu'il a cru devoir ajouter quelques détails sur le
financement du projet: «Quand Louis Bouilhet mourut, quelques amis de
la littérature se côtisèrent pour élever, sur une des places ou dans une des
rues de Rouen, une petite fontaine surmontée de son buste. Des quatorze
mille francs qui furent vite trouvés, il fallut distraire trois mille pour le

tombeau. Reste onze. Avec cette somme, plus que suffisante, nous offrons à la ville de lui faire cadeau d'une fontaine, sous la condition du buste de Louis Bouilhet». Cette fois, en septembre ou octobre, le Conseil a décidé de statuer sur la question et a confié le rapport au docteur Le Plé, qui était un ami de Flaubert. Mais le romancier est resté pessimiste sur le résultat: «Nouvelles chicanes! Ils ne *veulent pas comprendre* la question! [...] Tous ces potins-là, ce mauvais vouloir permanent, cette haine féroce de la littérature m'emplit d'une mélancolie farouche!» (à Philippe Leparfait, [septembre-octobre 1876]). Pendant plusieurs mois, Flaubert a prodigué au docteur Le Plé conseils et encouragements, quelquefois avec une certaine mauvaise foi, notamment quand il a mis en avant l'argument que la fontaine était plus essentielle au projet que le buste: «il me semble que le Conseil municipal *ne veut pas* comprendre la question. On ne lui demande pas d'honorer Bouilhet, mais de nous permettre de doter Rouen d'une fontaine, sous la condition d'une certaine décoration où il y aura un buste de Bouilhet. C'est une question de voirie et non de littérature. Si nous demandions à orner notre fontaine de la figure d'un gorille, on devrait nous en accorder la permission, puisque nous voulons faire à la ville cadeau d'un monument d'utilité publique» (le 30 avril 1877). Enfin, au début de septembre 1877, le Conseil municipal a agréé la proposition de Flaubert et a même accordé un emplacement que Flaubert a trouvé «superbe. Ce petit monument sera adossé au mur de la nouvelle bibliothèque qu'on construit maintenant, et de cette façon ne pourra être déplacé quoi qu'il advienne» (à Mme Régnier, le 7 septembre 1877).

En réalité, malgré ce succès, Flaubert et ses collègues de la Commission étaient loin d'être au bout de leurs peines. Il fallait naturellement attendre l'achèvement de la construction du bâtiment qui devait abriter la bibliothèque et le musée, et au milieu des travaux, en mars 1879, Caudron, le dentiste retraité qui était le trésorier de la Commission, est devenu fou et a été placé sous la tutelle d'un curateur. Et comme les fonds récoltés étaient entre les mains de Caudron et que le curateur ne voulait pas les libérer, Flaubert a cru que la Commission allait être obligée d'intenter un procès pour les recouvrer. En outre, Mulot, qui était secrétaire de la Commission, a constaté que certains souscripteurs n'avaient pas tenu à jour les versements promis, et il a fallu leur envoyer une circulaire. Pour couvrir tous ces frais, G. Richard Chevalier, directeur du Théâtre des Variétés à Rouen, a écrit à Flaubert pour offrir d'organiser une représentation spéciale au profit de la souscription (lettre inédite du 5 août 1879: BMR). Heureusement, ces ultimes problèmes ont été résolus, les fonds ont été remis au nouveau trésorier, et le 21 janvier 1880 les membres de la Commission ont signé un reçu pour les titres lui appartenant et se trouvant au domicile de M. Caudron, «interné présentement à l'asile des aliénés de Quatremères».

Puis, Mulot est mort subitement, et Flaubert a annoncé tristement la nouvelle à sa nièce: «Mulot (notre secrétaire du comité Bouilhet) est mort mardi. Je l'ai enterré jeudi par une pluie battante. C'est encore une complication dans cette malheureuse fontaine! et les fonctions de Mulot retombent sur moi. Naturellement!» Mais en fait, Flaubert avait déjà triomphé: «Les affaires de la fontaine Bouilhet sont définitivement réglées, et on va se mettre aux travaux! enfin! enfin! enfin! mais j'ai eu de l'entêtement et quelque chose de plus, sans me vanter» (à Caroline, [le 28 janvier 1880]).

Seulement, Flaubert lui-même est mort avant d'avoir vu le resultat des dix années d'efforts et de tracas qu'il avait consacrées à ce projet si cher à son coeur. Le romancier a succombé à une attaque d'apoplexie en 1880 et la fontaine et le buste n'ont été inaugurés qu'en 1882. La *Lettre* n'a été qu'une escarmouche dans une campagne longue et ardue. Il est vrai que Flaubert est sorti victorieux de cette lutte, mais on ne sait pas si la publication de la lettre a avancé ou retardé cette victoire. Elle a certainement servi à attirer l'attention du public lettré sur le philistinisme du Conseil municipal, mais par là même et par la virulence de son langage, elle a pu fortement indisposer certains hommes de lettres, même des amis de Bouilhet comme Du Camp, qui ont estimé que c'était trop d'honneur pour un poète mineur.

Quoi qu'il en soit, plus de cent ans après, le buste de Bouilhet, adossé à la Bibliothèque Municipale au coin de la rue Thiers et la rue Jacques Villon, regarde sereinement la circulation sur une des principales artères de Rouen, non loin de la place des Carmes où se dresse une imposante statue de Flaubert. Mais, par une ironie du sort que Flaubert aurait appréciée, si la fontaine, dont l'importance lui a fourni un de ses grands arguments en faveur du buste, existe toujours, elle est à sec: l'eau n'y coule plus.

Il est temps maintenant de considérer la lettre en elle-même, indépendamment de sa genèse et son efficacité dans le processus qui a abouti à l'érection du monument. Il convient de se rappeler d'abord qu'elle est unique dans les oeuvres publiées de Flaubert. Tout le monde sait que Flaubert travaillait avec une extrême lenteur, multipliant les plans, les scénarios et les brouillons pendant très longtemps - cinq ans pour *Madame Bovary,* six ans pour *L'Education sentimentale,* près de dix-huit mois pour *Trois Contes* et même plus d'un an pour la *Préface.* La composition de la lettre, au contraire, n'a duré qu'un mois, et si on en juge par les brouillons actuellement connus, a été menée à bien presque par improvisation, à mesure que lui parvenaient les renseignements qu'il avait demandés à ses amis. Il y a même tout un développement - sur les intérêts locaux négligés par la Municipalité - qui est copié presque textuellement sur une note envoyée par Charles Lapierre (voir la note 122). Le dossier préparatoire conservé à la Bibliothèque Municipale de

Rouen contient seulement deux feuillets de brouillons, d'ailleurs hâtifs et
à peu près illisibles. Tout porte donc à croire qu'une fois que Flaubert a
décidé quels arguments il voulait utiliser, il a écrit très rapidement,
presque au courant de la plume. Le manuscrit de la lettre donne la même
impression. Il comporte dix-huit feuillets de papier bleu vergé, assez
raturés mais ne livrant que des variantes insignifiantes (BMR).

Flaubert commence naturellement par répondre aux objections
soulevées par les auteurs du rapport. Contre le reproche d'avoir
détourné l'argent du but qui lui avait été assigné, c'est-à-dire la
construction d'un tombeau, Flaubert réplique, avec raison, que l'intention
avait toujours été de construire, en plus du tombeau, un autre monument,
et qu'une fontaine en pleine ville serait plus visible (et plus utile) qu'un
tombeau en quelque coin retiré du Cimetière Monumental. En outre, il
se moque de l'idée de dépenser tant d'argent pour un prétentieux
tombeau, qu'il appelle (mémorablement) «un de ces édicules grotesques
où l'orgueil tâche d'empiéter sur le néant». On ne peut s'empêcher de
penser au tombeau que Charles Bovary voulait construire pour Emma,
«un mausolée qui devait porter sur ses deux faces principales 'un génie
tenant une torche éteinte'», ou, encore plus, aux réactions du romancier,
quand il a visité le Père-Lachaise avant de raconter les obsèques de
Dambreuse dans *L'Education sentimentale*: «J'ai été pris, au Père-
Lachaise, d'un dégoût de l'humanité profond et douloureux. Vous
n'imaginez pas le fétichisme des tombeaux. Le vrai Parisien est plus
idolâtre qu'un nègre! Ça m'a donné envie de me coucher dans une des
fosses» (à George Sand, le 2 février 1869).

L'objection que la construction d'un monument pourrait entraîner la
ville dans des dépenses imprévues est réfutée en quelques lignes
dédaigneuses. Il ne s'attarde guère davantage à l'objection que Bouilhet
n'est pas né à Rouen, se contentant de rappeler que les Rouennais s'étaient
toujours tellement enorgueillis de ses succès au théâtre que la presse
parisienne avait souvent raillé leur enthousiasme. Ce qui lui importe le
plus, c'est évidemment de réfuter la quatrième objection, celle qui l'avait
le plus blessé et indigné, et qui consistait à mettre en doute le mérite
littéraire des oeuvres de Bouilhet. Là, Flaubert déploie des arguments
divers et nombreux. Il commence par se moquer de la liste des célébrités
rouennaises fournies par ses adversaires, en rappelant les noms des
hommes illustres que, dans leur ignorance, ils avaient omis. Puis,
s'appuyant sur les renseignements fournis par ses alliés, il montre que
beaucoup de villes ont négligé d'élever des statues aux plus grands
écrivains, tandis que d'autres se sont empressées de commémorer par des
statues des gens qui autrement seraient totalement oubliés. De là, il passe
à la question de l'incidence que le succès ou l'échec de *Mademoiselle
Aïssé* peut avoir sur la réputation de Bouilhet. Mais là il se trouve sur un
terrain glissant. Il a sans doute raison d'affirmer qu'une pièce peut

tomber lors de sa création et être reconnue plus tard comme un chef-d'oeuvre (même si ses exemples sont choisis avec une certaine nonchalance). Mais dans la *Préface*, publiée simultanément, il avance un argument contraire, quand il cite le chiffre des représentations des drames de Bouilhet comme preuve de leur excellence. En outre, il s'avance beaucoup en déclarant que *Mademoiselle Aïssé* a fort bien réussi. En réalité, après un accueil presque chaleureux lors de la première représentation, dû peut-être, comme le pensait Edmond de Goncourt, à «la déférence du public pour les hexamètres d'un mort» (*Journal*, le 6 janvier 1872, t.II, p.861), la fortune de la pièce a été des plus médiocres. Flaubert lui-même a été forcé de le reconnaître: «Le lendemain, salle à peu près vide. La presse s'est montrée, en général, stupide et ignoble» (à George Sand, le 21 [janvier 1872]). En revanche, il a beau jeu de montrer que les auteurs du rapport n'ont guère qualité pour juger la poésie. Il lui suffit de choisir les vers les plus absurdes que le malheureux Decorde avait commis l'indiscrétion de publier dans les *Travaux* de l'Académie (son correspondant de Rouen avait transcrit à son intention huit feuillets de ses élucubrations (BMR)). Flaubert est parfaitement justifié quand il écrit à George Sand: «quant à M. Decorde, mes citations sont de bonne guerre» (le [28 janvier 1872]).

Ensuite, il s'amuse à se citer lui-même, car il se réfère à un «pompeux discours», qui n'est autre que le discours de Nion qu'il avait composé dix ans plus tôt et qu'on avait recopié pour lui dans les *Travaux* de l'Académie (BMR). Il prétend qu'il avait trouvé ce discours si juste de ton que dans la *Préface* des *Dernières Chansons* il n'avait eu qu'à en reprendre les termes. En fait, il exagère: si dans le discours de Nion il défend Bouilhet contre l'accusation d'avoir imité Musset (et si dans sa copie il avait marqué ce passage d'un trait de plume en marge) et si dans la *Préface* il revient sur la même accusation, ce n'est pas du tout dans les mêmes termes.

Après cette discrète plaisanterie, incompréhensible pour ses lecteurs (à l'exception de Nion), il se lance dans une comparaison quelque peu malencontreuse entre les morts qu'on oublie tout de suite et ceux qui, comme Bouilhet, laissent un nom dont on se souviendra indéfiniment. On peut d'abord estimer que, malgré ses précautions oratoires, il n'était pas très délicat d'affirmer que le pauvre Thubeuf, conseiller municipal décédé entre le vote contre le buste et la rédaction de la lettre, était déjà «aussi ignoré qu'un Pharaon de la 23e dynastie». C'était irrespectueux envers le défunt et blessant pour sa famille, ses amis et ses collègues. De plus, quand il proclame qu'on va monter *Mademoiselle Aïssé* à Londres et à Saint-Pétersbourg et que dans cent ans on va continuer à jouer les drames et réimprimer les vers de Bouilhet, non seulement Flaubert s'illusionne, mais aussi il se contredit parce qu'en même temps, dans la *Préface*, il affirme que nous ignorons la place que la postérité assignera aux écrivains.

Mais, après avoir établi à sa satisfaction que les membres du Conseil sortent de leur compétence en s'aventurant dans la critique littéraire, il dénonce leurs lenteurs et leur incurie dans les affaires qui devraient être de leur ressort. Faisant état des renseignements fournis par le fidèle Lapierre, il souligne le contraste entre la somme dérisoire votée par la Conseil pour une statue de Pierre Corneille et les dépenses exorbitantes assumées par ledit Conseil pour une statue de Napoléon 1er qu'il qualifie ironiquement d'«équestre et hydrocéphale». Quant au monument à Bouilhet, il cite l'opinion de Jules Janin, critique dramatique du *Journal des Débats* depuis plus d'un quart de siècle, qui était de tout temps acquis aux intérêts de Bouilhet. Janin était certainement le plus illustre des journalistes à avoir protesté contre le refus du Conseil Municipal, et, pour la plus grande joie de Flaubert, il est revenu à la charge dans son feuilleton du 12 février, où il traite les conseillers d'«insectes».

On voit que Flaubert n'a rien négligé dans cette volée de bois vert. Le Conseil ne connaît rien à la littérature, est coupable de ladrerie et de philistinisme, s'est montré incapable de gérer les intérêts de la ville, et est devenu l'opprobre des gens cultivés partout. Mais au lieu de s'en tenir là, Flaubert se lance subitement dans la diatribe contre la bourgeoisie en général, qui a tellement effrayé le directeur du *Nouvelliste*. Pour comprendre toute la portée de cette apostrophe aux «conservateurs» qui ne conservent rien, il faut se souvenir qu'elle a été écrite quelques mois seulement après la grande peur de la Commune. Flaubert lui-même y a pleinement participé, traitant les Communards de «sauvages», de «misérables» et d'«assassins». Dans les conflits de classes, il savait très bien de quel côté il se trouvait - dans ses lettres à George Sand à l'époque où, dans *L'Education sentimentale*, il racontait les événements de 1848, il parle à plusieurs reprises des «nôtres» (le [18 décembre 1867]) et des «gens de notre bord» (le 5 juillet 1868). Mais s'il redoutait le retour de l'insurrection et du désordre, il ne méprisait pas moins ses concitoyens pour leur couardise et leur manque d'énergie: «Quant à la Commune, on s'attend à la voir renaître plus tard, et les 'gens d'ordre' ne font absolument rien pour en empêcher le retour» (à George Sand, le 25 juillet 1871). En même temps, il a craint qu'un régime trop répressif n'encourage l'esprit de révolte. Dans cette furieuse dénonciation de l'esprit bourgeois, il l'accuse non seulement de mercantilisme, d'ignorance et de haine de toute supériorité, comme il le faisait constamment dans ses lettres, mais aussi et surtout de son manque de fermeté et d'initiative devant la menace d'un nouveau bouleversement de la société. Pour lui, le comportement du Conseil Municipal de Rouen dans l'affaire du monument Bouilhet n'est qu'un symptôme d'un malaise très profond qui risque de détruire la France. L'éloquence enflammée de cette péroraison est donc autre chose qu'un simple prétexte pour exhaler publiquement cette détestation du bourgeois qui déborde sans arrêt dans sa correspondance et ses conversations; c'est également autre chose que le trop-plein de son indignation contre les conseillers qui n'ont pas su respecter la mémoire de son meilleur ami. C'est surtout une protestation passionnée contre ce qu'il considérait comme une maladie morale qui, à la longue, pourrait être fatale à toute civilisation.

La Préface aux «Dernières Chansons»

La préface que Flaubert a écrite pour les *Dernières Chansons* de Louis Bouilhet semble être née de la convergence de deux projets, tous deux conçus immédiatement après la mort du poète. Cette convergence n'est peut-être pas étrangère au caractère un peu hybride de ce texte.

D'un côté, Bouilhet avait légué tous ses papiers à son fils adoptif Philippe Leparfait. Flaubert a informé Maxime Du Camp que le poète avait chargé Philippe «de prendre quatre amis pour savoir ce qu'on doit faire de ses oeuvres inédites: moi, d'Osmoy, toi et Caudron» (lettre du 23 juillet 1869). En effet, comme Flaubert le précise dans la *Préface*, ces papiers comprenaient un nombre considérable d'inédits: plusieurs pièces de théâtre et une collection de poèmes que Bouilhet avait peut-être déjà commencé à réunir, comme on peut l'inférer d'une phrase ambiguë de la même lettre à Du Camp: «il laisse un excellent volume de poèmes». Flaubert a aussitôt pris l'initiative de la publication de cette anthologie, comme le raconte Du Camp: «Le groupe consultatif qui devait se concerter pour déterminer la publication des oeuvres posthumes de Bouilhet n'eut pas à se réunir. Flaubert fit son choix et n'écouta pas nos observations lorsque nous eûmes à lui dire que le titre adopté par lui: *Dernières Chansons*, était si ambigu qu'il donnerait lieu à de fausses interprétations et compromettrait le succès du livre. Comme disent les bonnes en parlant des enfants, Flaubert était 'entier'; ses projets le saisissaient tyranniquement. Toute objection s'émoussait sur lui; nous le savions, et nous épargnions, à lui un accès d'impatience, à nous une peine inutile» (*Souvenirs littéraires*, t.II, p.329). Mais même si Bouilhet avait entamé la préparation du recueil, Flaubert l'a achevée. On le sait parce qu'«Abrutissement», le poème qui clôt le volume, est daté de «juin 1869», soit quelques semaines avant la mort de Bouilhet, à une époque où il était trop malade pour s'occuper de l'agencement d'un livre. C'est certainement Flaubert qui a choisi ce poème, qui peut passer pour une sorte d'épitaphe, en guise de conclusion. Mais, à part ce détail, il n'y a aucune volonté, de la part de Bouilhet ou de Flaubert, de grouper les poèmes par thèmes ou par ordre chronologique, comme c'était devenu un peu la mode depuis *Les Contemplations* et *Les Fleurs du Mal*. On y trouve des pièces de toutes les périodes de la vie du poète depuis 1843 jusqu'à la veille de sa mort, et des poèmes chinois y voisinent, dans le désordre, avec des évocations romaines, des méditations philosophiques et des morceaux plus légers. Mais, quelle qu'ait été la part de Flaubert dans le choix des poèmes, il était évident que ce recueil posthume avait besoin d'une préface et que le soin de la composer devait incomber au romancier.

Mais, d'un autre côté, également juste après la mort de Bouilhet, Paul Dalloz, directeur du *Moniteur universel*, a invité Flaubert à écrire une biographie de Bouilhet pour son journal. Comme il s'agissait de Bouilhet, Flaubert a surmonté sa haine du journalisme et a accepté en principe, comme il l'a expliqué à Philippe Leparfait, dans une lettre non datée: «Dalloz me demande une biographie. Ce n'est pas le moment, mais comme le *Moniteur* paye très bien, et que cet argent doit te revenir, j'ai été doux». C'est un travail qui n'aurait pas exigé beaucoup de recherches, Flaubert ayant rassemblé presque tous les renseignements nécessaires lors de la préparation du discours de Nion sept ans plus tôt. Mais en fin de compte ce projet n'a pas été réalisé, et après le mois d'août 1869 il n'en est plus question dans la correspondance de l'écrivain. On ne sait pas si Flaubert a trop tardé à fournir sa copie, s'il a fini par renoncer à un projet qui, visiblement, ne l'enthousiasmait pas, ou si Dalloz a retiré son invitation. Quoi qu'il en soit, Flaubert avait sans doute au moins commencé à réfléchir à la possibilité d'écrire un court essai sur la vie et l'oeuvre de Bouilhet.

A l'origine Flaubert pensait que la volume des poésies posthumes de Bouilhet allait paraître rapidement, comme il l'a annoncé à la princesse Mathilde le [25 juillet 1869]; «vers le mois de janvier, je publierai un volume de ses vers inédits et fort beaux» (en réalité, si les poèmes étaient inédits en librairie, bon nombre d'entre eux avaient paru dans des revues). Mais la publication de *L'Education sentimentale* a interrompu les préparatifs, et il a fallu procéder à des vérifications dans les manuscrits du poète et les journaux qui avaient publié ses vers. C'est donc seulement en avril 1870 que Flaubert s'est attelé à ce qu'il a appelé la «besogne pénible et douloureuse» de rédiger la préface qui s'imposait (à George Sand, le [19 avril 1870]). Selon ce qu'il a confié à Tourguenieff le 30 du même mois, il s'accordait trois mois pour ce travail, mais une première version était terminée le 20 juin 1870, s'il faut en croire la date inscrite sur la manuscrit. Au début de juillet, Flaubert a porté son texte à Michel Lévy, son éditeur depuis *Madame Bovary* en 1857, et qui avait également édité *Melaenis* et divers drames de Bouilhet. Flaubert lui a proposé aussi *Mademoiselle Aïssé*, la pièce que Bouilhet avait achevée deux mois avant de mourir. En principe donc, les choses auraient pu s'arranger facilement, mais des complications n'ont pas tardé à se produire.

Pour Flaubert, il était évidemment impensable qu'on puisse hésiter à publier un drame et un recueil de vers de Bouilhet, surtout que lui-même les patronnait de tout son prestige. Mais Lévy ne voyait pas les choses du même oeil. L'éditeur s'était mal remis de l'insuccès de *L'Education sentimentale* en 1869, de sorte que la recommandation de Flaubert ne lui paraissait pas une garantie suffisante pour un livre de poèmes, de vente problématique et un drame en vers, de succès aussi incertain. Il a quand même accepté, à contre-coeur, de publier les deux ouvrages, mais, par malheur, l'accord avec Flaubert était purement verbal, ce qui plus tard devait donner lieu à une contestation envenimée. De toute façon, le Siège de Paris et la Commune ont bientôt fait cesser toutes les opérations commerciales de la maison Lévy, et le projet n'est revenu sur le tapis qu'à l'automne de 1871. Entre-temps, Flaubert avait réussi à convaincre le directeur de l'Odéon de créer *Mademoiselle Aïssé*, de sorte qu'il était subitement devenu urgent de publier le volume de poésies afin de profiter de la publicité que susciterait le drame.

Cependant Flaubert continuait à avoir des doutes. En premier lieu, il s'inquiétait pour le titre du recueil. «Autre question: quel titre? 'Poésies posthumes' ne peut être que le sous-titre. Je me creuse la tête et ne trouve rien» (à Philippe Leparfait, [novembre 1871]). Un peu plus tard, il s'est décidé, mais sans enthousiasme et apparemment après avoir consulté des amis, ce qui fait penser que l'anecdote de Du Camp sur l'intransigeance de Flaubert à ce sujet est, pour le moins, entachée d'exagération: «Il aura pour titre: *Dernières Chansons*, et, en sous-titre, *Poésies posthumes*. Nous n'avons trouvé rien de mieux» (à Philippe Leparfait, le [5 décembre 1871]). Mais ce qui l'a troublé encore davantage, c'est la préface qui, dix-sept mois après qu'il en avait terminé une première version, l'a laissé profondément mécontent. Il l'a avoué à Philippe Leparfait en novembre 1871: «J'ai relu ma Préface, dont je suis fort peu satisfait. Elle me semble froide, gauche, mal faite. Enfin, elle me déplaît. Je vais la retravailler sous le rapport de la correction. Quant à en faire une autre, je n'ai pas le temps, et puis je ne vois pas le moyen de faire mieux, bien que je la juge piètre». Les brouillons conservés à Rouen prouvent en effet qu'il y a beaucoup travaillé, mais il semble qu'il n'ait guère touché au plan du texte, se contentant d'améliorer l'expression. Ses lettres nous renseignent sur le progrès de cette refonte, même s'il est impossible d'en dater les diverses étapes: le [27 novembre 1871], à sa nièce Caroline: «Ma *Préface*, que j'ai retouchée, a fait *fondre en larmes* Edmond de Goncourt, il la trouve magnifique. Je l'ai encore retravaillé jusqu'á trois heures du matin»; trois jours plus tard, à Mme Régnier: «J'ai re-écrit la Préface de son volume qui me déplaisait»; à George Sand le [1er décembre 1871]: «Je fais imprimer le volume de vers de Bouilhet, dont j'ai re-écrit la préface». Enfin, le [5 décembre 1871], il a pu annoncer à Philippe Leparfait: «Maintenant je suis content de la Préface, que j'ai beaucoup retravaillée». Mais une lettre à Michel Lévy, de date incertaine, peut indiquer qu'il a continué à la corriger sur

épreuves: «Je retouche la Préface, qui m'a déplu quand je l'ai relue».
Grâce en partie à l'entregent de Flaubert, qui a incité tous ses amis à
consacrer des articles au livre, l'accueil de la critique a été dans
l'ensemble assez favorable,avec des comptes rendus de George Sand,
Maxime Du Camp, François Coppée, Emile Zola et Charles de La
Rounat, entre autres. Flaubert lui-même était très content de la
présentation du livre, qui comportait un portrait de Bouilhet par Léopold
Flameng et cinquante-cinq poèmes dont chacun était précédé d'un feuillet
blanc. Selon Jacques Suffel, Flaubert aurait adopté cette disposition pour
donner plus de poids à un recueil qui risquait de paraître excessivement
mince (p.211). Mais c'était plus probablement pour des raisons d'ordre
esthétique, étant donné que le reliquat de Bouilhet contenait beaucoup
d'autres poèmes qui n'auraient pas été indignes d'être recueillis. En tout
cas, la satisfaction de Flaubert éclate dans une lettre à Michel Lévy du [24
janvier 1872]: «Il me semble que la beauté de l'édition, le portrait (une
eau-forte) et ma préface font de *Dernières Chansons* un volume hors
ligne».
Mais les choses n'ont pas tardé à se gâter. Les ordres pour la
production du livre ont été donnés directement par Flaubert à
l'imprimeur Claye[13], et les conditions financières de l'édition n'avaient
pas été précisées avec suffisamment de netteté. Quand donc en mars
1872, Claye a présenté sa facture à Michel Lévy, celui-ci a refusé de
payer, alors que Flaubert avait compris que la maison Lévy allait avancer
les frais d'impression avec l'intention de se rembourser sur le produit de
la vente des exemplaires. Déjà dans un état de nervosité extrême à cause
de la mauvaise santé de sa mère, des démêlés qu'il avait avec la
Municipalité de Rouen pour le monument de Bouilhet et des tracas causés
par les répétitions de *Mademoiselle Aïssé*, l'écrivain est allé voir Michel
Lévy le 20 mars pour protester contre ce qu'il considérait comme une
trahison. De son côté, l'éditeur était tout aussi mécontent. Il se plaignait
de n'avoir pas été consulté sur la fabrication du livre et objectait que
l'édition était trop luxueuse et se vendrait mal. Il declara donc qu'il ne
pouvait porter la responsabilité d'un déficit éventuel. Là-dessus, l'orage
éclata. Flaubert a raconté à George Sand la scène qui s'est produite: «je
suis devenu tout pâle, puis tout rouge. Et alors votre troubadour... a été
beau. Jamais *la maison Lévy* ne s'était vue à pareille danse» (Pâques

---

[13] Les bons rapports entre Flaubert et Claye sont attestés par ce billet inédit (BMR), qui doit dater du
début de janvier 1872:
      Cher Monsieur Claye,
    Voulez-vous me faire le plaisir de prendre pour vous un des 95 exemplaires de *Dernières
Chansons* sur papier de Hollande.
    Serrons-nous affectueusement les mains, et suis
        votre
        Gve Flaubert
jeudi matin .

1872). Flaubert est parti en claquant violemment la porte, et a écrit à
Claye pour lui donner son opinion sur Lévy: «je l'ai trouvé tellement
impudent et plein pour la littérature d'un mépris si haineux que la
rupture est complète. Je ne veux plus en aucune façon avoir à faire avec
M. Lévy, - et il m'a blessé trop profondément pour que jamais je lui
pardonne» (21 mars [1872]). Effectivement, il ne lui a plus jamais
adressé la parole ni une lettre, et du jour où Lévy a été décoré, il a refusé
de porter le ruban rouge. Maurice Sand a été témoin de l'outrance de ses
réactions à cette occasion: «La suppression du ruban rouge s'est passée
devant nous en 1874, en recevant la nouvelle de la nomination de M. X
[Lévy]. Il a tout fichu dans son café, cigare, ruban et bouton, en se
laissant aller à une de ces colères dont vous parlez. Le lendemain, il n'y
pensait plus. Mais le ruban est resté au fond de la tasse et je ne l'ai plus
revu» (lettre à Emile Zola, citée dans *Les Romanciers naturalistes*,
p.220). Il est difficile de deviner jusqu'à quel point Flaubert a pu avoir
raison de se fâcher. Certes, il estimait que Lévy n'avait pas tenu sa
parole donnée, qu'il avait commis une mauvaise action envers Philippe
Leparfait, et qu'il avait insulté la mémoire de Bouilhet. Mais l'absence
d'un contrat écrit empêche de savoir s'il s'agissait d'un malentendu ou si
Lévy avait réellement failli à un engagement.

Quoi qu'il en soit, quelques jours après cette querelle, par
l'intermédiaire de son secrétaire Jules Troubat, Lévy a fait savoir à
Flaubert qu'il acceptait d'avancer à Claye les frais d'impression à
condition d'être remboursé par Leparfait avant le 1er avril 1873.
Flaubert et Leparfait ont accepté cette offre et ont signé un billet à cet
effet. Seulement, Lévy a apparemment négligé de communiquer cet
arrangement à Claye, de sorte qu'en juin celui-ci a de nouveau demandé à
Flaubert d'être payé. Le 4 décembre 1872, Flaubert a encore une fois
exprimé à George Sand toute son indignation devant le comportement de
Lévy: «Vous n'ignorez pas qu'il a *refusé* ma copie: il n'a pas voulu
vendre de *Dernières Chansons* plus de 1200 exemplaires. Et les 800 qui
restent sont dans le grenier de ma nièce, rue de Clichy! [...] Comme je ne
veux plus parler audit Michel, c'est mon neveu Commanville qui va me
remplacer pour liquider ma position. Je vais lui payer l'impression de
Dernières Chansons, 1500 fr. environ, et puis, je me débarrasserai de
toute relation chez lui [*sic*]». En fin de compte, Leparfait, qui n'était pas
riche, a réglé une partie de la dette, et Flaubert s'est acquitté du reste, ce
qui paraît lui avoir avoir coûté le double de ce qu'il avait prévu. Il se
libérait ainsi de toute obligation envers Lévy, et s'est tourné vers un
autre éditeur pour ses propres romans et pour les oeuvres de Bouilhet.
C'est ainsi que Georges Charpentier est devenu l'éditeur de Flaubert. En
1874, comme, en payant Lévy, Flaubert était devenu propriétaire des
exemplaires invendus de *Dernières Chansons*, Charpentier a accepté
d'essayer de les écouler. Le contrat inédit de cette transaction est

conservé à la Bibliothèque Municipale de Rouen:

> Monsieur Gustave Flaubert, demeurant à Paris, 4 rue Murillo, a remis en dépôt chez MMrs Charpentier et Cie *neuf cent quatre vingt dix-neuf* exemplaires des poésies posthumes de Louis Bouilhet avec portrait par Léopold Flameng et préface par Monsieur Flaubert.
>
> MMrs Charpentier et Cie feront mettre des couvertures et des titres à leur nom, feront tout leur possible pour provoquer et accélérer la vente de cet ouvrage, et remettront le produit intégral de la recette à Monsieur Flaubert, ne voulant en déduire que les frais que leur occasionnera cette vente.
>
> Fait double à Paris le 12 mai mil huit cent soixante quatorze.
>
> Charpentier et Cie   approuvé etc.
>   Gve Flaubert.

Le tirage de l'édition de 1872 avait été fixé à deux mille exemplaires. Comme, deux ans après, il en restait un millier, on sait que la vente n'avait pas été très brillante. Si Philippe Leparfait n'a pas été intéressé directement à cette transaction, c'est que, du fait d'avoir payé la majeure partie des frais d'impression, Flaubert était entré en possession des droits de l'édition. Comme il l'a confié à Mme Roger Des Genettes, le 22 février 1873, «j'ai payé dernièrement trois mille francs de ma poche pour *Dernières Chansons*». Leparfait lui ayant donné une procuration pour traiter avec les éditeurs, il est probable que Flaubert avait l'intention de lui transmettre au moins une partie des droits. De toute façon, on ne sait rien sur le sort de cette pseudo-édition de 1874, mais en 1876, l'éditeur Lemerre ayant entrepris de ré-éditer *Madame Bovary* et *Salammbô*, Flaubert est entré en pourparlers avec lui pour une édition des *Poésies complètes* de Bouilhet. Un contrat a été signé, mais pour diverses raisons (entre autres que Lévy, qui détenait les droits sur *Melaenis*, a demandé 500 francs, alors qu'il les avait acquis pour 400 francs seulement), l'édition a été retardée. C'est donc seulement au début de 1880 que Flaubert a reçu les épreuves, et le livre n'est sorti que vers la fin de 1880, dans un volume qui réunissait *Festons et Astragales, Melaenis* et *Dernières Chansons*. Cette édition a été plusieurs fois réimprimée.

Dernières Chansons a donc donné à Flaubert presque autant de mal que le monument à Bouilhet. Le livre lui a pris des mois de travail, lui a valu une rupture avec un vieil ami, lui a coûté beaucoup d'argent et n'a pas eu le succès sur lequel il comptait. Mais la préface occupe une place unique dans ses oeuvres parce que c'est le seul endroit où il a exprimé publiquement ses vues sur l'art. Ayant horreur des écoles et des systèmes, abhorrant le journalisme et n'étant pas forcé de vivre de sa plume, Flaubert n'a jamais fait de comptes rendus et s'est rigoureusement abstenu de tout manifeste et de toute préface explicative à ses romans. Avant cette préface, ses seules publications sur l'art littéraire avaient été les articles qu'il avait écrits pour défendre *Salammbô* contre les critiques de Sainte-Beuve et de Guillaume Froehner, et là il s'était agi de commentaires ponctuels et non de déclarations de principe. Non pas que Flaubert ait eu l'intention de profiter de l'occasion de cette préface pour exposer une doctrine (chose paradoxale, au milieu de la *Préface*, il déclare, en son propre nom autant qu'en celui de Bouilhet: «il se serait pendu plutôt que d'écrire une préface»). Mais la communauté de principes entre les deux amis était telle qu'il aurait été impossible à Flaubert de présenter les idées de Bouilhet sans, par là même, présenter les siennes propres. Il l'a d'ailleurs reconnu en écrivant à Edmond de Goncourt: «J'ai glissé, autant que possible, sur la partie biographique. Je m'étendrai plus sur l'examen des oeuvres et encore davantage sur *ses* (ou *nos*) doctrines littéraires» (le [26 juin 1870]). Quand il offre un extrait de la *Préface* au journaliste Charles-Edmond pour une des feuilles auxquelles il collaborait, il montre que c'est dans cette partie de l'essai qu'il a dit ce qui lui semblait l'essentiel: «Je vous donnerai, à vous Charles-Edmond, la conclusion de ma Préface. Tout le paragraphe IV est le seul endroit personnel de ce petit morceau, - et, selon moi, le meilleur ou le moins mauvais: il contient l'exposé des opinions esthétiques de B[ouilhet] avec une prosopopée de votre Gve Flaubert» (le [29 janvier 1872]). La dernière partie de la *Préface* a donc paru dans *Le Temps* du 23 janvier 1872.

Il est certain que le ton de la *Préface* change dans la dernière des quatre parties, qui est écrite avec beaucoup plus de fermeté et de conviction que les trois autres. Le plan du texte est d'ailleurs assez curieux pour la préface à un recueil de poésies. Une première section très courte contient une sorte de préambule avec force précautions oratoires dont la nécessité n'est pas toujours apparente. Une deuxième section raconte brièvement la vie de Bouilhet, et cette section a particulièrement impressionné George Sand: «Tout ton coeur est dans ce simple et discret récit de sa vie»; mais elle a beaucoup apprécié le recueil tout entier: «Ta préface est splendide et le livre est divin!» (lettre du 28 janvier 1872). Puis Flaubert examine les poèmes et les drames de son ami. Enfin, dans la dernière section, il analyse les idées esthétiques du poète. Deux choses frappent tout de suite à la lecture de cette préface. La première est qu'il soit si peu question des *Dernières Chansons*. L'examen des oeuvres de Bouilhet occupe un quart environ du texte, mais, sur ce quart, la moitié est consacrée au théâtre, et si dans le reste Flaubert s'applique à définir la manière poétique de son ami, il ne fait rien pour présenter le recueil *Dernières Chansons*. Même dans ses exemples et ses citations, il ne privilégie nullement l'anthologie qu'il est censé introduire. Il est vrai qu'il était peut-être difficile de préciser le caractère particulier de ces poèmes: ils datent de toutes les époques de la vie de l'auteur, et rien dans les thèmes ni dans la facture ne les distingue de *Festons et Astragales*. Mais on peut se demander aussi si Flaubert n'a pas été influencé par le fait qu'il avait commencé à réfléchir, pour *Le Moniteur,* à une biographie de Bouilhet, et si la préface ne dérive pas du désir d'écrire un essai général sur la vie et l'oeuvre de Bouilhet.

L'autre chose qui surprend est le caractère étrangement défensif de ce texte. On sent presque partout une certaine gêne de la part de l'écrivain. Sans aucun doute, cette gêne provient de sa réticence à parler de choses qui le touchent personnellement de très près. Comme il le dit dans son exorde, sa vie à lui a été si intimement mêlée à celle de Bouilhet qu'en parlant de l'une il parlerait nécessairement de l'autre et démentirait une réserve qu'il partageait avec son ami. Mais il y a aussi quelque chose comme un doute fondamental qui l'amène à prendre des positions ambiguës au point d'être presque contradictoires. Flaubert était certainement persuadé que Bouilhet était un génie méconnu, mais il était très embarrassé pour le prouver, d'autant plus que peu de gens semblaient être du même avis et qu'il avait visiblement peur que son jugement ne soit obnubilé par son amitié avec le poète. C'est ainsi qu'il varie beaucoup sur la question du succès comme étalon du mérite. D'une part, il insiste lourdement sur le fait que les contemporains se trompent souvent sur la valeur d'un auteur, et sur l'impossibilité d'anticiper sur le verdict de la postérité. Mais, d'autre part, il s'appuie sur le chiffre des représentations de *Madame de Montarcy,* d'*Hélène Peyron* et de *La Conjuration d'Amboise* pour démontrer l'excellence du théâtre de Bouilhet, alors qu'il est obligé de passer sous silence l'échec de *L'Oncle Million,* de *Dolorès* et de *Faustine,* pièces qu'il essaie de réhabiliter en attribuant leur manque de succès aux variations de la mode et au fait qu'elles sont écrites en vers. En outre, on le sent hésitant sur les louanges qu'il convient de donner à Bouilhet. Il avoue que beaucoup de lecteurs trouveront qu'il accorde à Bouilhet une place trop haute, mais trahit aussitôt sa propre incertitude quand il déclare qu'«ils ne savent pas plus que moi celle qui lui restera». D'ailleurs, il est bien près de leur donner raison lorsqu'il écrit: «'Génie de second ordre' dira-t-on. Mais ceux du quatrième ne sont pas maintenant si communs!» (on se rappelle que dans une de ses lettres au Maire de Rouen il avait rangé Bouilhet parmi les gloires secondaires (voir p.XXV). Donc, si on prend cette déclaration au pied de la lettre, Bouilhet serait tout au plus un génie de second ordre. Il redoute trop ouvertement d'être taxé de partialité: «pour qu'on ne m'accuse pas d'aveuglement...» écrit-il, suivi de critiques si timides qu'elles ont peu de poids. Enfin, plusieurs pages sont consacrées à la réfutation de divers reproches qu'on a adressés à Bouilhet, qu'il est donc forcé de répéter. Bouilhet a copié Musset, il «n'entendait pas le théâtre». Bien entendu, Flaubert s'attache à défendre son ami contre ces accusations, mais par le fait même de les citer, il montre qu'il les prend au sérieux et leur prête une certaine plausibilité. De peur d'avoir l'air de surestimer Bouilhet, Flaubert finit par produire un texte qui, par endroits, paraît curieusement mou et indécis. On se demande s'il n'aurait pas été plus persuasif de faire moins de concessions et de montrer une conviction plus entière, comme, dans les brouillons, il s'était promis de le faire: «Je me suis abstenu de parler de l'homme mais je peux bien parler du poète - et puisque c'est la seule fois de ma vie (et la dernière sans doute) que je me permets d'imprimer une telle opinion personnelle, je vais la dire tout entière, me souciant peu qu'elle soit approuvée» (voir la note 176 pour une autre version de ce passage).

Flaubert avait certainement raison d'estimer que la quatrième partie de la *Préface* est la plus intéressante. Dans la première section, il semble plutôt embarrassé. Après des considérations assez fumeuses sur les problèmes posés par le fait qu'il a si bien connu Bouilhet, il décoche quelques flèches dans la direction de la critique tainienne, afin d'établir qu'il n'entend pas fournir beaucoup de ces renseignements personnels dont Taine et ses disciples étaient friands.

Il passe donc, dans la seconde partie, à un récit succinct de la vie du poète, qui, malgré sa brièveté, n'est pas exempt d'erreurs. Il commence par se tromper sur l'année de naissance du poète, mais c'est peut-être Bouilhet qui l'a induit en erreur (voir la note 41). Quand on compare cette biographie sommaire de Bouilhet avec celle qu'on lit dans le *Discours* de Nion, on constate qu'il accorde une place importante au grand-père maternel du poète, Pierre Hourcastremé, qu'en 1862 il avait passé sous silence, à la demande de Bouilhet, qui avait craint de blesser les susceptibilités religieuses de sa mère si on parlait du vieillard philosophe. Puis Flaubert réveille ses souvenirs du Collège Royal de Rouen, où il avait été le condisciple de Bouilhet. Mais en le faisant, il pense bien plus à lui-même qu'à son camarade. Si Flaubert et certains de ses contemporains avaient été exaltés et outranciers, Bouilhet n'avaient pas été de leur nombre. Comme l'écrit son biographe Léon Letellier, «Flaubert dans la *Préface aux Dernières Chansons* a accrédité cette légende en prêtant à son ami les rêves extravagants qui hantaient sa propre imagination: ses affirmations prouvent seulement qu'il connaissait peu l'élève de la pension Lévy. Bouilhet, fervent Lamartinien, avait alors un tempérament trop calme, un esprit trop sérieux pour se compromettre dans le 'petit groupe d'exaltés', dont l'imagination se livrait aux pires excès de la mélancolie romantique» (p.41). Pourtant, Bouilhet a eu des démêlés avec les autorités de l'école: il l'a noté lui-même: «révolte - deux fois à la porte» (Letellier, p.29), et en 1839 il a été un des trente-trois élèves qui ont signé une pétition, rédigée par Flaubert, contre une punition imposée par un des professeurs. Mais si cette rébellion a conduit à l'expulsion de l'élève Flaubert, Bouilhet a pu continuer ses études jusqu'à l'été 1840. L'évocation de l'état d'esprit des collégiens des années 1830 nous apprend donc plus sur l'adolescent Flaubert que sur Bouilhet. En revanche, il exagère quelque peu les succès scolaires de son ami, qui n'a pas toujours été un brillant sujet remportant «dans toutes les classes presque tous les prix». Au contraire, ses études ont un peu souffert de sa vocation poétique, et s'il a bien réussi en latin et en histoire, il s'est montré peu doué pour les mathématiques. Le récit des années d'études de médecine correspond davantage à la vérité, sauf que Flaubert s'embrouille dans les dates quand il situe «vers la fin de 1845» la mort de son père et le renoncement de Bouilhet à une carrière de médecin, alors qu'en réalité le docteur Flaubert est mort en janvier 1846 et que c'est seulement après son décès que Bouilhet a abandonné la médecine. Puis, pour donner une idée de la manière poétique de Bouilhet à cette époque, Flaubert cite trois de ses poèmes, l'un de 1841 et les deux autres de 1844. Ces trois morceaux étaient inédits, et si Flaubert a choisi de les citer de préférence à d'autres, c'était probablement pour indiquer les anciennes options politiques de son ami et pour montrer combien son talent avait évolué depuis.

Ensuite il évoque les oeuvres publiées, *Festons et Astragales, Melaenis, Les Fossiles* et les drames, en mettant l'accent sur ses plus grands succès et en passant sous silence les pièces qui avaient échoué ou qui n'avaient pas été représentées. Il trouve moyen d'exprimer discrètement son admiration de Léonie Leparfait, la compagne du poète, et de son fils Philippe. Mais, parvenu à ce point, il se montre incapable de maîtriser son indignation devant le comportement «atroce» de deux autres personnes. Ce sont les soeurs de l'écrivain, Sidonie et Esther, deux vieilles filles confites en dévotion comme leur mère, qui sont venues harceler le mourant dans l'espoir de le convertir. Dès que Flaubert avait eu connaissance de leurs agissements, il avait manifesté à Philippe Leparfait son désir de les fustiger publiquement: «Je voudrais pouvoir les injurier en face, ce que je ne manquerai pas de faire quand j'écrirai sa biographie, laquelle sera insérée dans *Le Moniteur* de Dalloz» (le 16 août 1869). Trois ans plus tard, sa colère n'avait pas baissé. Il finit par une évocation quelque peu exagérée des obsèques de Bouilhet. Quand il prétend que «ses compatriotes se portèrent à ses funérailles comme à l'enterrement des hommes publics», il s'avance beaucoup, et Léon Letellier est obligé de reconnaître que «ses concitoyens furent peu nombreux à ses funérailles» (p.304). D'ailleurs, contrairement à ce que laisse entendre Flaubert en faisant allusion aux «moins lettrés» qui auraient compris «qu'une intelligence supérieure venait de s'éteindre, qu'une grande force était perdue», à son enterrement on a plus célébré le bibliothécaire et le fonctionnaire que le poète. En revanche, il a raison de constater que la presse parisienne l'a couvert de louanges, mais son anticatholicisme se fait jour quand il ne résiste pas à la tentation de rappeler qu'un «écrivain catholique», en l'occurrence Barbey d'Aurevilly, avait jeté «de la fange» sur son tombeau. En guise de conclusion, il mentionne les oeuvres inédites et les projets non réalisés que Bouilhet a laissés à sa mort. Si la plupart des détails qu'il donne sur la vie de son ami sont exacts, Flaubert commet quelques erreurs de dates, et il fait preuve de partialité dans la façon dont il présente le théâtre de Bouilhet et dans l'évocation de son enterrement.

Il est vrai que, si la majorité des erreurs et des déformations dans cette biographie sont ou vénielles ou compréhensibles, il y en a une qui est peut-être moins innocente qu'elle n'en a l'air. C'est la question de la date de la mort de son père, qu'il situe à la fin de 1845 et non en janvier 1846. La différence est certes minime et ne serait pas significative si ailleurs aussi Flaubert n'avait pas commis des erreurs analogues, notamment dans *L'Education sentimentale.* Dans ce roman, la chronologie est irrémédiablement défectueuse en ce sens que l'année 1846 est complètement occultée. Certains commentateurs, surtout Jeanne Bem dans *Clefs pour «L'Education sentimentale»,* ont suggéré que cette lacune provient du fait que, pour Flaubert, l'année 1846, avec les morts successives de son père et de sa soeur Caroline, a été si traumatisante que, par l'imagination, il a préféré la supprimer. On peut penser ce que l'on veut de cette théorie; il est quand même curieux que dans un texte censé être objectif, Flaubert censure l'année 1846 au profit de 1845.

Dans la deuxième partie de la *Préface,* Flaubrert passe à un examen plus détaillé des écrits de Bouilhet, précédé d'une nouvelle série de précautions oratoires sur les incertitudes des réputations littéraires. Il défend Bouilhet contre l'accusation d'être un imitateur de Musset, et il le loue pour la variété des genres poétiques où il excellait, mettant l'accent sur son humour (sujet qu'il avait évité dans le *Discours,* le jugeant sans doute incompatible avec la sévérité académique). Même ici, il préfère le reléguer à une longue note en fin de volume, mais il est très regrettable que les éditions modernes omettent cette note où Flaubert donne des exemples de la verve comique de Bouilhet, en signalant que d'autres jeux d'esprit sont trop salés pour être reproduits: c'est un trait essentiel de la personnalité des deux hommes.

Sur la forme poétique chez Bouilhet, Flaubert cite des exemples de ce qu'il appelle de «bons vers tout d'une tenue et qui sont bons partout», mettant en bonne place des passages de *L'Oncle Million.* Mais on est surpris de constater que, sur les six vers extraits des poèmes qu'il met en valeur ici, un est incorrectement cité, et trois autres sont tirés de la même séquence de neuf stances de *Melaenis.* Il faut croire que l'écrivain n'exagère pas quand il affirme: «Je prends au hasard» et qu'il a simplement ouvert le livre n'importe où pour y piquer les premiers vers qui aient frappé son attention. Sur le théâtre du poète, pour prouver sa science de la scène, il s'appuie sur le chiffre des représentations de ses succès, apparemment sans se rendre compte qu'on pourrait aussi bien lui rétorquer l'échec de ses trois autres pièces qui ont toutes fait four. Qui plus est, il se met en contradiction flagrante avec ce qu'il écrivait simultanément dans la *Lettre* où il couvre de ses sarcasmes ceux qui croient pouvoir décider du mérite d'un drame d'après le nombre de ses représentations: «Donc, il s'agit, tout bonnement et sans ambages, de connaître d'avance le chiffre des recettes. Si la pièce fait de l'argent, Bouilhet est un grand homme: si elle tombe, halte-là! Noble théorie». Quand il défend Bouilhet, Flaubert ne s'embarrasse pas trop de logique ni de scrupules.

Enfin, il arrive à ce qu'il considère comme la partie la plus importante et la plus réussie de la *Préface*, celle qu'il a fait paraître dans *Le Temps*. Comme le remarque avec justesse P.M. Wetherill, si Flaubert a gardé pour la fin cet exposé des doctrines littéraires de Bouilhet en le plaçant après l'analyse des oeuvres, c'est qu'il ne voulait pas «qu'on eût l'impression que pour Bouilhet (ou pour lui-même) l'oeuvre devait s'écrire selon un système élaboré *in abstracto*» (p.166). Flaubert commence par une déclaration qui peut paraître nuageuse mais qui en réalité est pour lui d'une importance capitale: «l'Art est une chose sérieuse, ayant pour but de produire une exaltation vague, et même [...] c'est là toute sa moralité». Cette idée d'une exaltation vague revient ailleurs sous la plume et dans les conversations de Flaubert. Dans leur *Journal* pour le 2 novembre 1863, les Goncourt ont noté: «Et comme nous lui demandons ce qu'il appelle le beau: 'C'est ce par quoi je suis vaguement exalté'» (t.I, p.1350). On trouve une expression analogue dans l'exposé des théories artistiques de Pellerin dans *L'Education sentimentale*, quand le peintre affirme, en parlant de l'art: «Vous n'arriverez pas à son but qui est de nous causer une exaltation impersonnelle». Comme l'a démontré Alison Fairlie, dans les doctrines esthétiques de Pellerin, on trouve un mélange déroutant de sottises et de vérités que Flaubert aurait volontiers contresignées. De même, à Mme Roger Des Genettes [vers la fin de novembre 1864], il a déclaré que «le but de l'art» est «*l'exaltation vague*». Le parallélisme entre le vague et l'impersonnalité de l'exaltation aide à comprendre ce que Flaubert entend par ces définitions. Il pense à quelque chose qu'il convient de rapprocher de ce qu'on a quelquefois appelé (peut-être à tort) l'«extase panthéiste» qu'on trouve dans certaines lettres de Flaubert aussi bien que dans ses romans. Frédéric Moreau et Rosanette l'éprouvent de façon passagère au cours de l'idylle de Fontainebleau dans *L'Education sentimentale*, quand la contemplation de la nature dans la forêt leur permet d'accéder à «l'orgueil d'une vie plus libre, avec une surabondance de forces, une joie sans cause». Cette «exaltation vague», cette «joie sans cause» peut donc provenir soit de l'art, soit de la nature, et dans les deux cas la raison est la même: le moi se perd et se dissout, les entraves et les misères de l'individualité s'évanouissent. C'est très exactement le sentiment que Flaubert décrit dans une lettre célèbre écrite au moment où il composait la scène de la séduction d'Emma dans la forêt: «c'est une délicieuse chose que d'écrire! que de ne plus être *soi,* mais de circuler dans toute la création dont on parle. Aujourd'hui par exemple, homme et femme tout ensemble, amant et maîtresse à la fois, je me suis promené à cheval dans une forêt, par un après-midi d'automne, sous des feuilles jaunes, et j'étais les chevaux, les feuilles, le vent, les paroles qu'ils se disaient et le soleil rouge qui faisait s'entre-fermer leurs paupières noyées d'amour» (à Louise Colet, le [23 décembre 1853]). Au fond, l'impersonnalité sur laquelle on a tant discuté n'était pas pour Flaubert un moyen, c'était un but. Il ne pratiquait pas l'impersonnalité pour mieux écrire: il écrivait afin d'être impersonnel, de n'être plus Gustave Flaubert. Ainsi le petite phrase apparemment anodyne sur laquelle il commence son exposé des idées esthétiques communes à Bouilhet et à lui-même nous livre en réalité une des clefs de sa pensée sur l'art.

Pour ce qui est de la moralité de l'art, il est évident que Flaubert rejetait fermement tout ce qui semblait didactique ou moralisateur. Comme il l'a écrit à Maupassant le 19 février 1880: «ce qui est Beau est moral, voilà tout, et rien de plus». Il revient brièvement sur ce sujet un peu plus loin quand il dit l'aversion de Bouilhet pour l'art prêcheur «qui veut enseigner, corriger, moraliser». De même, il condamne l'art qui ne vise qu'à distraire, l'art qui s'adresse à la foule plutôt qu'à l'élite, et l'art officiel au service des régimes.

Bouilhet, tout comme Flaubert, visait «les sentiments généraux, les côtés immuables de l'âme humaine». Et c'est une idée qui revient souvent dans ses lettres, comme quand il proteste contre la tendance dans le roman à représenter la *caste* comme quelque chose d'essentiel en soi: «Cela peut être très spirituel, ou très démocratique; mais avec ce parti pris on se prive de l'élément éternel, c'est-à-dire la généralité humaine» (à Amélie Bosquet, le [9 novembre 1867]), ou quand il demande, á propos de Sedaine: «Est-ce de l'Art éternel?» (à George Sand, le [10 mars 1876]), ou quand il définit ainsi ses propres intentions: «Je me suis toujours efforcé d'aller dans l'âme des choses et de m'arrêter aux généralités les plus grandes, et je me suis détourné de l'accidentel et du dramatique» (à George Sand, [décembre 1875]). Ecrivant à Hippolyte Taine en 1867, il a affirmé le même principe: «Une oeuvre n'a d'importance qu'en vertu de son éternité, c'est-à-dire que plus elle représentera l'humanité de tous les temps, plus elle sera belle».

Quant à la liste des auteurs qu'il préférait, elle est, bien sûr, presque identique à celle que Flaubert aurait dressé pour lui-même: Homère,

Tacite, Juvénal, Apulée, Rabelais, Corneille, La Fontaine, Voltaire. Il en est de même de l'analyse de ses méthodes de composition: «les longues recherches, le temps, les peines». On y retrouve aussi son amour des images: dès 1846 il parlait à Louise Colet de son «amour d'images» (le [7 octobre 1846]), et à Du Camp le 9 octobre [1860], il déclarait: «J'ai l'imagination fertile en images», a tel point qu'il redoutait plutôt l'excès dans les comparaisons et les métaphores. Il est significatif qu'à ce sujet il cite Buffon, qu'il lisait constamment et qu'il prenait régulièrement comme exemple. bien qu'il n'ait pas cité ailleurs le précepte mentionné ici. Mais on s'amuse à voir Flaubert affirmer que Bouilhet haïssait les discours d'académie et qu'il se serait pendu plutôt que d'écrire une préface, alors qu'il a lui-même composé un discours académique pour honorer son ami et qu'il émet cette idée précisément au milieu d'une préface. C'est encore de lui-même qu'il parle quand il note le dédain de Bouilhet pour les «esprits sobres» et le «faux bon goût»: comme il l'écrit à Louise Colet en [juin 1853]: «*Il ne faut jamais craindre d'être exagéré.* Tous les grands l'ont été, Michel-Ange, Rabelais, Shakespeare, Molière. Il s'agit de faire prendre un lavement à un homme (dans *Pourceaugnac*); on n'apporte pas une seringue; non, on emplit le théâtre de seringues et d'apothicaires. Cela est tout bonnement le génie dans son vrai centre, qui est l'énorme». «Les grands maîtres sont excessifs», écrit-il ailleurs (à Louise Colet, le [15 juillet 1853]). L'identité de vues est complète sur d'autres points aussi, par exemple, quand il souligne l'importance de la lecture à haute voix: «les phrases mal écrites ne résistent pas à cette épreuve; elles oppressent la poitrine, gênent les battements du coeur, et se trouvent ainsi en dehors des conditions de la vie». Il serait oiseux de s'appesantir sur l'importance, pour le style de Flaubert, du fameux «gueuloir». Nous avons aussi le témoignage de Maupassant, qui rapporte ainsi l'opinion de son mentor: «' Une phrase est viable, disait-il, quand elle correspond à toutes les nécessités de la respiration. Je sais qu'elle est bonne lorsqu'elle peut être lue tout haut'» (*Pour Gustave Flaubert*, p.93). De même, le libéralisme dans ses goûts littéraires; si «Shakespeare et Boileau se coudoyaient sur sa table», il en était ainsi pour Flaubert aussi, qui déclarait: «Un bon vers de Boileau est un bon vers d'Hugo» (à Louise Colet, le [24-26 juin 1853]). Bouilhet et Flaubert se méfiaient également de l'inspiration: «L'inspiration [...] doit être amenée et non subie», idée qu'on trouve maintes fois dans sa correspondance, comme quand il écrit à Louise Colet: «il faut se méfier de tout ce qui ressemble à de l'inspiration et qui n'est souvent que du parti pris et une exaltation factice» (le [13 décembre 1846]).

Mais il convient de rappeler, malgré tout ce qu'on trouve de la pensée esthétique de Flaubert dans ces pages, qu'il n'a point eu l'intention d'écrire un manifeste ni de construire une doctrine complète, et que l'exposé de ces principes est constamment relié à l'oeuvre et à la personnalité de Bouilhet. Il y a un assez grand nombre d'idées centrales à l'art de Flaubert qui ne trouvent pas place dans cette préface: rien sur l'ironie, peu de chose sur l'impersonnalité, et, bien entendu, rien sur le roman, Bouilhet n'étant pas romancier. En revanche, la préface est unique dans ce sens que dans ses lettres, écrivant après minuit et se délassant des labeurs de la journée, Flaubert s'exprimait avec désinvolture et sans trop de circonspection. Ici, au contraire, chaque mot est pesé avec minutie et l'expression est extrêmement soignée. Il est peut-être vrai, comme le croit P.M. Wetherill, que «la valeur de cette Préface pour l'étude de la critique flaubertienne est limitée» (p.166), non pas comme il le prétend, parce qu'elle «offre trop peu de points communs avec la critique épistolaire», alors que nous venons de voir que c'est exactement le contraire, mais parce que les dimensions restreintes de la préface et la nécessité de l'axer surtout sur l'oeuvre et la pensée de Bouilhet font que beaucoup de sujets n'y sont pas abordés, et qu'elle ne saurait être égalée en portée et en importance aux milliers de lettres où Flaubert s'étend sur ses idées esthétiques. Elle n'en contient pas moins en raccourci les principaux éléments de sa pensée sur l'art en général.

En dehors de cette pensée, la préface renferme une autre opinion que Flaubert partageait avec Louis Bouilhet, comme le prouve la longue citation d'un des carnets du poète: c'est l'idée que le dix-neuvième siècle est essentiellement hostile à l'art, «cette religion près de s'éteindre - ou éteinte» (de nouveau, on constate un paradoxe dans l'exposé de Flaubert, qui vient d'affirmer que Bouilhet faisait peu de cas du «gémissement continu sur la décadence des arts», alors qu'une grande partie de ce texte consiste précisément en un tel gémissement). C'est d'ailleurs le thème que Flaubert avait proposé à George Sand en février 1872 quand il l'incitait à consacrer un compte rendu au recueil: «Il me semble que *Dernières Chansons* peut prêter à un bel article, à une oraison funèbre de la poésie. Elle ne périra pas, mais l'éclipse sera longue et nous entrons dans ses ténèbres». C'est aussi, bien entendu, le sentiment qui domine sa diatribe contre le Conseil Municipal et qu'on retrouve partout dans ses lettres. D'ailleurs, Zola nous dit que, dans les dernières années de sa vie, cette idée que le dix-neuvième siècle détestait la littérature tournait à l'obsession: «Sa grande rancune contre les hommes venait de leur indifférence en art, de leur sourde défiance, de leur peur vague devant le style travaillé et éclatant. Il avait un mot qu'il répétait souvent de sa voix terrible: 'La haine de la littérature! la haine de la littérature'; et cette haine, il la retrouvait partout, chez les hommes politiques plus encore que chez les bourgeois» (p.218). Trois mois avant de mourir, il écrivait au *Gaulois*, quand son disciple Guy de Maupassant était menacé d'un procès pour obscénité: «Plus que jamais je crois à la haine inconsciente du style. Quand on écrit bien, on a contre soi deux ennemis: 1o le public parce que le style le contraint à penser; et 2o le gouvernement, parce qu'il sent en nous une force, et que le pouvoir n'aime pas un autre pouvoir» (16 février 1880).

Enfin, après ces considérations générales, Flaubert arrive à sa conclusion, à ce qu'il appelle, de façon d'ailleurs un peu impropre, sa «prosopopée». En fait, cette apostrophe, dont la forme peut surprendre en tant que conclusion, est en réalité une évocation, détournée mais transparente, de son amitié avec Bouilhet, et c'est sans doute la page la plus personnelle et la plus révélatrice de ses propres émotions qu'il ait jamais publiée. Il y rappelle leur jeunesse et l'éveil de leur goût commun pour la littérature, la consécration de leur vie à l'art, l'aide et l'appui qu'ils s'apportaient mutuellement, et finalement, la solitude et le désarroi où il se trouve depuis la mort de l'ami. Les derniers mots de la préface sont très émouvants quand on sait tout ce que Louis Bouilhet a représenté dans la vie de Flaubert: «Et si ce souvenir est l'éternel aliment de son désespoir, ce sera, du moins, une compagnie dans sa solitude». Effectivement, avec *Dernières Chansons*, avec *Mademoiselle Aïssé*, avec la mise au point du *Sexe faible*, avec les tentatives de représentation du *Château des coeurs*, avec l'affaire de la fontaine qui a traîné pendant plus de dix ans, avec l'amitié et la protection accordées à Léonie et Philippe Leparfait, on peut bien dire que la pensée de Louis Bouilhet ne l'a jamais quitté entre 1869 et 1880, et on constate qu'il n'exagérait nullement quand, le 23 novembre [1851], il écrivait à Henriette Collier: «Mon amitié à moi ressemble au chameau. Une fois en mouvement il n'y a plus moyen de l'arrêter». L'amitié entre Flaubert et Bouilhet est certainement une des plus belles et des plus touchantes amitiés littéraires qui aient jamais existé. Elle n'a pas donné lieu à des oeuvres magnifiques comme l'élégie *Adonaïs* que Shelley a écrite sur la mort de Keats, comme l'épilogue que Goethe a composé à *La Cloche* de Schiller ou la conférence-oraison funèbre que Mallarmé a consacrée à Villiers de l'Isle-Adam. Les textes que nous avons rassemblés ici ne sont pas des chefs-d'oeuvre, mais ils nous font pénétrer au coeur de l'homme et de l'écrivain qu'était Gustave Flaubert.

Mademoiselle Aïssé

L'histoire de ce petit texte oublié est relativement simple.

La création de *Mademoiselle Aïssé* a eu lieu à l'Odéon le 6 janvier 1872. Mais au lieu d'être le grand succès qu'escomptait Flaubert, la pièce a été mal accueillie par la presse et le public. L'écrivain lui-même l'a constaté avec tristesse en écrivant à George Sand le 21 [janvier 1872]: «La première a été splendide, et puis c'est tout! Le lendemain salle à peu près vide. La presse s'est montrée, en général, stupide et ignoble. On m'a accusé d'avoir voulu faire une réclame, *en intercalant* une tirade incendiaire. Je passe pour un rouge (sic). Vous voyez où on en est?»

L'édition originale de la pièce est sortie chez Michel Lévy au début de février,et Flaubert y a ajouté un appendice, comme il l'a annoncé à Lévy quelques jours plus tôt: «Je mettrai à la fin d'*Aïssé* quelques jugements de la critique avec une note de moi» [janvier 1872]; «J'espère demain donner le dernier bon à tirer d'*Aïssé*, j'y ajoute à la fin une note: les jugements de la critique» [janvier 1872].

Il nous a paru intéressant de donner ici cette note, qui n'a jamais été reproduite et dont la teneur est curieuse. Au lieu d'y citer les comptes rendus élogieux, Flaubert se contente d'en dresser la liste. Puis il passe à de larges extraits des éreintements, choisissant délibérément les passages les plus virulents et les plus injurieux. Comme il était convaincu que la postérité leur donnerait un démenti éclatant, il pensait ainsi constituer une sorte de sottisier. C'est pour cette raison que sa note commence par ces mots: «Il sera peut-être utile plus tard, pour l'histoire littéraire, de connaître les jugements qu'on a portés sur *Mademoiselle Aïssé*». Le dessein de ridiculiser ses adversaires se trahit aussi dans l'adjonction à l'article de Vitu d'une phrase, incomplète et sans rapport avec le drame, où il est question de «ce gueux de Voltaire» et dans un postscriptum où il cite deux passages spécialement venimeux sur Littré, également sans rapport avec Bouilhet. Il inclut aussi deux notes en bas de page où il relève des inexactitudes flagrantes dans des comptes rendus, dont une a été corrigée par lui dans une lettre à la revue *L'Autographe* (voir la note 232). Il peut paraître bizarre dans l'édition d'une pièce de théâtre de rassembler surtout les jugements les plus défavorables, mais Flaubert a cru que leur absurdité sauterait aux yeux de quiconque a lu le drame. Ce texte ajoute un postscriptum assez curieux aux écrits de Flaubert sur Louis Bouilhet.

Pour conclure...

Ces textes, dans leur diversité, nous présentent un Flaubert très différent de l'image conventionnelle du romancier impassible, de l'ermite de Croisset. Ils nous montrent un homme avec une sensibilité d'écorché, plein d'humour et d'irascibilité, un ami tendre et extraordinairement dévoué, un polémiste féroce et un pasticheur de grand talent. Il est vrai qu'il serait difficile de prétendre qu'ils nous révèlent un critique littéraire spécialement perspicace; quand il parle des oeuvres de Bouilhet, Flaubert se laisse trop influencer par son amitié pour l'homme: ses éloges, outre qu'ils sont souvent excessifs, sont vagues et généraux, ses critiques sont timides, et ses analyses manquent de pénétration. En revanche, quand il aborde les idées sur l'esthétique, on trouve, en quelques pages très denses, un résumé des méditations qui l'ont obsédé toute sa vie. La variété des styles que Flaubert y déploie est à la mesure de la diversité des facettes de sa personnalité qui s'y dévoilent. Il y a l'élégance un peu guindée du discours académique, les sarcasmes acérés et l'agumentation serrée de la lettre à la Municipalité; et l'éloquence grave et soutenue de la préface, où l'émotion cachée est constamment sur le point de déborder, surtout dans cette apostrophe aux adolescents en guise de conclusion, qui est sans doute la page la plus personnelle que Flaubert ait jamais publiée. René Dumesnil va sans doute trop loin quand il écrit, à propos de la dernière page de la *Lettre à la Municipalité*: «Il est là tout entier, généreux, franc et droit, impulsif et charmant» (*Gustave Flaubert, l'Homme et l'Oeuvre*, p.270), mais si on ajoute à la *Lettre* les autres textes que nous avons réunis ici, son point de vue devient tout à fait défendable. Flaubert l'homme surtout s'y montre plus complètement que dans n'importe quelle autre de ses publications.

Principes d'édition

Pour le texte de la *Lettre à la Municipalité de Rouen* et la *Préface* aux *Dernières Chansons*, il n'y a pas de problème. La *Lettre* a paru en brochure imprimée par Ch.-F. Lapierre à Rouen mais éditée sous le nom de Michel Lévy, en janvier 1872, et il n'y a pas eu d'autre édition du vivant de Flaubert. La *Préface* a été publiée le même mois dans l'édition Lévy des *Dernières Chansons*; elle a été ré-éditée en 1880 dans l'édition Lemerre des *Oeuvres* de Bouilhet, mais sans changement. Pour chacun de ces deux textes, il n'y a donc qu'une seule version publiée du vivant de l'auteur, et c'est naturellement celle que nous adoptons.

Pour le *Discours à l'Académie de Rouen*, la position est un peu plus compliquée. Le texte du manuscrit de Flaubert n'est pas identique à celui qui a été publié dans les *Travaux* de l'Académie, Alfred Nion y ayant apporté quelques modifications et n'ayant pas toujours compris les intentions de Flaubert. Nous donnons donc ici le texte du manuscrit, conservé dans la collection Spoelberch de Lovenjoul à la Bibliothèque de l'Institut et transcrit avec une fidélité exemplaire par Claude Digeon. Quand Nion a pris sur lui de supprimer des mots ou des phrases de Flaubert, nous les indiquons entre crochets. Nous n'avons pas cru utile de reproduire toutes les particularités de ce manuscrit, par exemple les lapsus d'orthographe ou les incertitudes de la ponctuation, dus sans doute à la hâte avec laquelle Flaubert a travaillé. Il nous a paru également futile de reproduire les abréviations utilisées par Flaubert: il écrit régulièrement «pr» pour «pour», «Mrs» pour «Messieurs», «qq» pour «quelque» et «gd» pour «grand». Nous n'avons pas non plus tenu compte de toutes les ratures de ce manuscrit, mais quand une phrase rayée présente quelque intérêt, nous la donnons en note. Les notes en bas de page sont celles de Flaubert lui-même; elles sont reproduites dans les *Travaux* de l'Académie. Quand au texte oublié que nous donnons en appendice, il est celui de l'édition de *Mademoiselle Aïssé* en 1872.

Le manuscrit de la *Lettre à la Municipalité* est conservé à la Bibliothèque Municipale de Rouen et consiste en 18 feuillets de papier bleu vergé, mais les variantes ne portent que sur de menus détails d'expression, et nous n'avons pas cru intéressant de les reproduire. Une première esquisse de la *Lettre* est consignée, au crayon, dans les marges du compte rendu de la réunion du Conseil municipal, tel qu'il a paru dans un journal rouennais, mais ce ne sont que des notes fragmentaires, informes et pratiquement illisibles. Un deuxième brouillon très rapide, également au crayon et également d'une lecture très malaisée, occupe deux feuillets du même dossier, mais ne livre rien d'utilisable.

Les manuscrits de la *Préface* sont bien plus volumineux et bien plus révélateurs, Flaubert y ayant travaillé à loisir et avec beaucoup de minutie. La Bibliothèque Municipale de Rouen possède le manuscrit complet tel qu'il a été livré au copiste ou à l'imprimeur, mais aussi plusieurs séries de brouillons, dont les plus anciens, récemment acquis à la vente du la collection du colonel Daniel Sickles, consistent en une cinquantaine de feuillets bleu vergé, contenant un véritable fouillis de variantes et de versions différentes. Le catalogue de la vente Sickles (t.XI) note qu'il y a jusqu'à huit rédactions d'une seule et même page. Si on ajoute à cela les deux ou trois versions déjà existant dans la Bibliothèque Municipale, on arrive à dix ou douze versions de tel passage. Sans doute serait-il théoriquement possible d'établir la succession chronologique de ces brouillons et de les transcrire intégralement, mais une telle entreprise dépasserait - et de très loin - le cadre de la présente édition. De toute façon, l'examen de ces dossiers permet de savoir que Flaubert a arrêté très tôt le schéma de sa préface et que son effort a porté surtout sur des questions de détail et de développement. On constate que l'évolution du texte suit le même rythme que celle du texte des grands romans, c'est-à-dire l'établissement d'une armature assez sommaire, ensuite une série d'expansions où Flaubert brode sur les idées qui lui viennent à l'esprit, suivie d'un processus d'élagage et de réduction menant à la concision et à la densité de la version publiée. Cette méthode de travail avait pour résultat l'élaboration de nombreux passages dans les brouillons qui, par la suite, se trouvaient exclus de la version finale. Plutôt que d'essayer de suivre par le menu les étapes par lesquelles Flaubert est parvenu à l'expression définitive de telle ou telle page, il nous a paru plus profitable de sauver de l'oubli les passages que Flaubert a fini par sacrifier ou qui ont subi des modifications radicales. Cela nous à permis de mettre au jour bon nombre de pages qui ne le cèdent en rien à celles que Flaubert a retenues, par exemple, tel tableau ironique de l'agitation dans le cabinet d'un directeur de théâtre après une première représentation, telle diatribe contre Lamartine, ou telle jérémiade sur l'avenir de la culture.

Ces brouillons étant hâtifs et provisoires, nous n'avons pas cherché a en donner une transcription diplomatique: nous nous sommes permis d'en corriger les fautes d'orthographe, de fournir une ponctuation logique et d'ajouter au besoin un mot omis par Flaubert. Comme certains des passages ainsi récupérés sont assez substantiels et ne se rattachent pas toujours étroitement au texte imprimé, nous avons décidé de ne pas les présenter comme des variantes. Ils appelaient quelquefois eux-mêmes des commentaires ou des annotations, de sorte que nous aurions abouti à des pages où les notes auraient occupé plus de place que le texte. Nous avons donc préféré les incorporer aux notes en fin de volume.

Quant aux citations des lettres de Flaubert, comme l'admirable édition de la *Correspondance* de Flaubert par Jean Bruneau à la Bibliothèque de la Pléiade est encore incomplète et ne va pas au-delà de 1868, nous avons décidé de citer les lettres sans donner des références à telle ou telle édition; sinon nous aurions été obligé de renvoyer le lecteur à plusieurs éditions différentes. Nous donnons donc simplement la date et le destinataire de chaque lettre que nous citons, entre crochets si la datation est entièrement ou partiellement conjecturale. Les lettres de Bouilhet à Flaubert sont citées d'après les appendices des trois tomes de la *Correspondance* édités par M. Bruneau.

Lorsque, dans nos commentaires sur la *Lettre* et la *Préface*, nous reproduisons des documents inédits conservés à la Bibliothèque Municipale de Rouen, nous faisons suivre la citation de la mention BMR.

BIBLIOGRAPHIE SOMMAIRE

ANGOT, André, *Un Ami de Flaubert: Louis Bouilhet, sa vie, ses oeuvres*, Dentu, 1885.

BANCQUART, Marie-Claire, «Un Notable rouennais contemporain de Flaubert et de Maupassant, le docteur Eugène-Clément Hellis», *Revue d'Histoire littéraire de la France*, LXXI, mai-juin 1971.

BART, Benjamin F., «Louis Bouilhet, Flaubert's 'accoucheur'», *Symposium*, XVII, Fall, 1963.

BART, Benjamin F., «Louis Bouilhet and the redaction of *Salammbô*», *Symposium*, XXVII, Fall, 1973.

BEM, Jeanne, *Clefs pour «L'Education sentimentale»*, Tübingen, Narr, 1981.

BOUILHET, Louis, *Oeuvres*, Lemerre, s.d.

BOUILHET, Louis, *Lettres à Louise Colet*, éd. Marie-Claire Bancquart et un groupe d'étudiants, Publications de l'Université de Rouen, 1973.

BOUILHET, Louis, *Le Coeur à droite*, éd. Timothy Unwin, University of Exeter Press, 1993.

CHEVALLEY-SABATIER, Lucie, *Gustave Flaubert et sa nièce Caroline*, La Pensée universelle, 1971.

DESCHARMES, René, «Louis Bouilhet et Louise Colet. Documents inédits», *Revue d'Histoire littéraire de la France*, octobre-décembre 1918.

DIGEON, Claude, «Un Discours inconnu de Flaubert», *Revue d'Histoire littéraire de la France*, L, octobre-décembre 1950.

DUBUC, André, «La Bibliothèque générale du père de Gustave Flaubert», *Les Rouennais et la famille Flaubert*, Editions des Amis de Flaubert, 1980.

DUBUC, André, «A cause du vin, Bouilhet ne fut pas médecin», *Les Amis de Flaubert*, 64, 1984.

DUBUC, André, «Louis Bouilhet et l'enseignement public en 1848», *Les Amis de Flaubert*, 66, 1985.

DUBUC, André, «A propos de la fontaine rouennaise de Louis Bouilhet», *Les Amis de Flaubert*, 67, 1985.

DU CAMP, Maxime, *Souvenirs littéraires*, 3e édition, Hachette, 1906.

DUMESNIL, René, *Gustave Flaubert, l'homme et l'oeuvre*, Desclée de Brouwer, 1947.

FAIRLIE, Alison, «Pellerin et le thème de l'art dans *L'Education sentimentale*», dans *Imagination and Language*, Cambridge University Press, 1981.

FLAUBERT, Gustave, *Lettre de M. Gustave Flaubert à la Municipalité de Rouen au sujet d'un vote concernant Louis Bouilhet*, Michel Lévy, 1872.

FLAUBERT, Gustave, *Préface* aux *Dernières Chansons* de Louis Bouilhet, Michel Lévy, 1872.

FLAUBERT, Gustave, *Oeuvres complètes*, Club de l'Honnête Homme, 1971-1976.

FLAUBERT, Gustave, *Correspondance*, éd. Jean Bruneau, t.I-III, Bibliothèque de la Pléiade, 1973-1991.

FLAUBERT, Gustave, *Lettres inédites de Gustave Flaubert à son éditeur Michel Lévy*, éd. Jacques Suffel, Calmann-Lévy, 1965.

FLAUBERT, Gustave, et George Sand: *Correspondance Flaubert-Sand*, éd. Alphonse Jacobs, Flammarion, 1981.

FLAUBERT, Gustave, *Carnets de travail*, éd. Pierre-Marc de Biasi, Balland, 1988.

FRÈRE, Etienne, *Louis Bouilhet, son milieu, ses hérédités, l'amitié de Flaubert*, Société française d'imprimerie et de librairie, 1908.

GAUTIER, Théophile, *Histoire du romantisme*, Charpentier,1927.

GONCOURT, Edmond et Jules, *Journal*, éd. Robert Ricatte, Fasquelle-Flammarion, 1959.

GOTHOT-MERSCH, Claudine, «Aspects de la temporalité dans les romans de Flaubert», dans *Flaubert: la dimension du texte*, éd. P.M. Wetherill, Manchester University Press, 1982.

GUERRI, Maria, «Sur la correspondance Bouilhet-Flaubert», *Les Amis de Flaubert*, 4, 1953.

HOWARTH, W. D., *Molière: a Playwright and his Audience*, Cambridge University Press, 1982.

KIES, Albert, «Une lettre inédite de Flaubert à Bouilhet», *Revue d'Histoire littéraire de la France* , janvier-mars 1955.

LE ROY, Georges-A., «Quelques souvenirs sur Louis Bouilhet», *Mercure de France*, 16 août 1919.

LETELLIER, Léon, *Louis Bouilhet 1821-1869, sa vie et ses oeuvres d'après des documents inédits*, Hachette, 1919.

LETELLIER, Léon, «Lettres inédites de Flaubert et de Bouilhet à Jean Clogenson», *Revue d'Histoire littéraire de la France*, XVII, janvier-mars 1957.

MAUPASSANT, Guy de, *Pour Gustave Flaubert*, Bruxelles, Editions Complexe, 1986.

MAYNIAL, Edouard, «Flaubert et Louis Bouilhet», *Mercure de France*, 1er novembre 1912.

POMMIER, Jean, «Quelques lettres de Flaubert et de Louis Bouilhet», *Bulletin du Bibliophile*, avril-mai 1949.

POMMIER, Jean, «Flaubert et la naissance de l'acteur», dans *Dialogues avec le passé*, Nizet, 1967.

RAITT, Alan, «Balzac et Flaubert: une rencontre peu connue», *L'Année balzacienne*, 1988.

RAITT, Alan, «Le Balzac de Flaubert», *L'Année balzacienne*, 1991.

REVEL, Bruno, «Lettere inedite di Bouilhet a Flaubert», *Letteratura moderna*, nov.-dic. 1952.

REVEL, Bruno, «Bouilhet eut-il de l'influence sur Flaubert?» *Les Amis de Flaubert*, 4, 1953.

RITCHIE, Adrian C., «Un Poème inédit de Bouilhet sur Maxime Du Camp», *Les Amis de Flaubert*, 67, 1985.

SARTRE, Jean-Paul, *L'Idiot de la famille*, Gallimard, 1971-1972.

STARKIE, Enid, *Flaubert: the Making of the Master*, Londres, Weidenfeld and Nicolson, 1967.

UNWIN, Timothy, «Louis Bouilhet Friend of Flaubert: a Case of Literary Conscience», *Australian Journal of French Studies*, XXX, 2, 1993.

WETHERILL, P.M., *Flaubert et la création littéraire*, Nizet, 1964.

ZOLA, Emile, *Les Romanciers naturalistes*, Charpentier, 1895.

GUSTAVE FLAUBERT

POUR LOUIS BOUILHET

RAPPORT
SUR LES MEDAILLES D'HONNEUR
DECERNEES PAR L'ACADEMIE
AUX MEILLEURS TRAVAUX LITTERAIRES
DUS A DES AUTEURS
NES OU DOMICILIES EN NORMANDIE

PAR M. NION

Messieurs,

L'Académie, l'an dernier, décidait qu'elle distribuerait annuellement des médailles d'honneur aux savants et aux gens de lettres nés ou domiciliés en Normandie. Elle débuta par récompenser les Sciences et donna trois médailles.

Elle va pour la première fois aujourd'hui décerner la même médaille aux Lettres. Une commission m'a nommé son rapporteur, et je viens devant vous, Messieurs, exprimer son jugement.

Aucun sujet spécial n'a été soumis à votre examen. Aucun concours n'a été ouvert, aucune tâche indiquée. L'Académie a été chercher d'elle-même les lauréats pour leur offrir une récompense qu'ils ne sollicitaient point. Elle a donc pu agir en toute liberté, franchement, sans entrave, dans la plénitude de son admiration pour le Beau.

Cette modestie de votre part, Messieurs, porte en soi un enseignement et un exemple. Vous avez voulu montrer par là que vous savez reconnaître les talents où ils se trouvent et les honorer pour eux-mêmes dans le seul but de leur développement ultérieur, car les sympathies sont préférables aux critiques et les applaudissements plus féconds peut-être que les conseils.

N'est-ce pas là [,Messieurs,] une preuve singulière, une manifestation de cet esprit qui a fait appeler notre province la terre de Sapience - esprit tout ensemble fort et subtil, large et délié, net et aventureux, pratique et enthousiaste - pareil à la contrée elle-même, [Messieurs,] où pas un coin n'est stérile, propre à toutes les cultures, plein de richesses, laborieux, multiple, abondant, et qui semble, comme le sol lui-même, tenir quelque chose de la hauteur de ses falaises et de la fécondité de ses plaines?

L'histoire est là, Messieurs, pour démentir un préjugé récent. Le merveilleux progrès de notre activité commerciale depuis le commencement de ce siècle a pu faire penser et faire dire que la Normandie demeurait étrangère maintenant à toute autre préoccupation - que les choses de la Pensée [pure] lui répugnaient, qu'elle n'en voulait plus - et que, désabusée d'idéal, lasse des efforts héroïques et des nobles entreprises, assise au fond d'un comptoir, sur ses ballots, elle laissait endormir son intelligence au bruit régulier de ses machines. Non! [Messieurs!], le vieux pays des juristes et des trouvères, des grands comédiens et des grands navigateurs, le pays de Robert Wace[1] et de Basnage[2], de Champmeslé[3] et de Duquesne[4], de Pierre Corneille[5] et de Richard Simon[6], celui qui a fourni à la littérature française Malherbe[7], Saint-Amant[8], Segrais[9], Benserade[10], Fontenelle[11] et Bernardin de Saint-Pierre[12], aux sciences Dulong[13], au journalisme Armand Carrel[14], à l'opéra Boïeldieu[15] - d'où sont sortis naguère et d'où sortent encore, chaque jour, des orateurs pour les chambres, des ministres pour l'Etat, et des capitaines pour nos armées - ce pays-là [,Messieurs,] n'est pas exclusivement plongé dans les soucis de l'intérêt personnel. L'heure de son suicide n'est pas [encore] venue! L'esprit normand, songez-y, il est pour quelque chose dans les réponses du Cid et dans la découverte du Nouveau Monde! Il a fait la brèche de Sébastopol[14][16] et conduit les couleurs de la France jusque dans l'ombre de la Grande Muraille.[15][17]

Votre présence ici, Messieurs, votre assemblée elle-même et l'auditoire charmant qui l'entoure, ne sont qu'un témoignage de ce goût désintéressé pour les lettres. Une seule pensée nous réunissant dans ces murs fait de nous comme une seule famille intellectuelle. Nous touchons par le souvenir aux grands hommes des époques disparues et nous tendons la main vers les illustrations modernes.

Une des gloires de notre siècle, [Messieurs,] et qui sera peut-être dans l'avenir son originalité la plus saillante et comme le caractère de sa physionomie morale, c'est le génie historique. On a dit de Niebhurr[18] qu'il avait su l'antiquité mieux qu'elle ne s'était sue elle-même. Nous pouvons tous, en quelque sorte, réclamer une part de cet éloge. Si nos pères ont été philosophes, nous sommes, nous, historiens. Ce que d'autres n'avaient pas entrevu, nous l'avons découvert, ce que d'autres avaient balbutié, nous l'avons dit. Un sens nouveau est survenu aux générations modernes qui les met en rapport plus direct avec les générations éteintes. [Et] si le Moyen Age pouvait se plaindre de sa tradition rompue et qu'il nous demandât ce que nous avons fait depuis sa mort, il ne serait pas présomptueux de répondre avant toute discussion: «Mais c'est nous qui t'avons ressuscité!»

Aucun pays, [Messieurs,] plus que la Normandie, n'a participé à cette restauration. Pendant que la littérature courante, à la suite de Walter Scott[19] et de Victor Hugo[20], propageait la connaissance du Moyen Age, il s'en trouvait parmi vous qui l'approfondissaient. Que savait-on, par exemple, en fait de gothique avant les livres de Langlois[21] et d'Auguste Leprevost[22]? avant le grand ouvrage de Willemin[23] achevé et perfectionné par l'un des vôtres[16] ? Et c'est aujourd'hui...la seule fois, Messieurs, où la parole de votre ancien secrétaire pour la classe des

---

14   Le maréchal Pelissier, duc de Malakoff, né à Maromme.
15   Le général Cousin-Montauban, comte de Palikao, élève du lycée de Rouen.
16   M. André Pottier, conservateur de la Bibliothèque de la Ville de Rouen.

Belles-Lettres ne soit point regrettable. Car s'il eût été à ma place, sa modestie, j'en suis sûr, l'eût contraint au silence, c'est-à-dire à l'injustice. - Bien d'autres, avec ceux-là, [Messieurs,] poussés par une sorte d'amour filial ont scruté profondément cette partie de l'histoire de la France. - Et nous trouverions leurs noms dans l'enseignement supérieur[17] [24], la Finance[18] [25] et le Clergé[19] [26].

Mais il en est un, Messieurs, que vous avez jugé digne d'un hommage tout spécial, c'est celui de M. Pierre Amable Floquet[27], votre ancien collègue et membre correspondant de l'Institut.

M. Floquet [,Messieurs,] appartient à cette sage école d'érudition française qui laisse à d'autres les théories, marche avec prudence pour éviter les chutes, ne passe à un second fait qu'aprés avoir enquis le premier complètement, cherche ses preuves partout, s'appuie sur tout, ne dédaigne rien et [qui] travaille avec lenteur parce qu'elle construit avec solidité.

M. Floquet [,Messieurs,] est né à Rouen en 1797 d'un père qui était greffier au tribunal de première instance. Après de fortes études classiques, il est entré successivement à l'Ecole des Chartes et à la Bibliothèque du Roi; puis il est venu dans sa ville natale où nous l'avons connu greffier en chef à la Cour royale de Rouen.

Etabli au milieu de nos vieilles archives, M. Floquet désormais n'en sort plus, pareil à ces gens qui s'enfoncent dans les cavernes pour en rapporter des trésors.

Le premier cadeau qu'il nous fit, ce fut en 1833 l'*Histoire du privilège de Saint-Romain* - oeuvre impartiale et instructive s'il en fût et qui, dès son apparition, excita les éloges de la presse[28], la curiosité du public et les sympathies du monde savant.

M. Floquet l'a composée d'après les archives de l'ancien chapitre de la Cathédrale. Il a donc pu interroger ces registres que l'on refusait autrefois à l'investigation des gens de lettres. Avec des preuves irréfragables, il commence par démontrer la fausseté du miracle sur lequel le Privilège[29] s'appuyait, privilège d'ailleurs moins vieux qu'on ne l'a dit, car il ne fut institué définitivement qu'en 1485 par le roi Charles VIII, et le miracle lui-même n'était qu'un pieux stratagème inventé par le chapitre de la Métropole pour sanctifier dans son origine le droit exorbitant de faire grâce, usurpation des chanoines sur l'autorité royale. M. Floquet ne voit donc dans la gargouille qu'une cérémonie paienne, qu'un ressouvenir d'Apollon perçant Python, de Jason triomphant du Dragon, d'Orion détruisant un serpent, d'Hercule et de Persée domptant des monstres marins - et en général des Dieux secourables exterminant

---

17   Chéruel, inspecteur de l'Université, né à Rouen, et ancien professeur d'histoire au Collège de Rouen.
18   A. Deville, ancien receveur particulier à Rouen.
19   L'Abbé Cochet.

les Forces homicides issues des marais et des ondes ténébreuses.

Ce sage esprit d'examen, [Messieurs,] ce rationalisme fondé sur l'étude scrupuleuse des faits, s'allie chez l'auteur à un vif sentiment du pittoresque et à je ne sais quoi d'ingénu qui font de la lecture de ces deux volumes un délassement exquis. Tout à coup nous sommes transportés au milieu de la vieille cité normande pendant les fêtes de l'Ascension quand les rues étaient emplies d'allégresse et que toutes les campagnes environnantes y affluaient «à l'exaltation[30] de Dieu et des mérites de son glorieux confesseur Mgr. Saint-Romain».

L'écrivain nous conduit ainsi jusqu'à la dernière levée de la Fierte[31] en 1790. L'Assemblée Nationale ayant l'année précédente aboli tous les privilèges des provinces, celui de Saint-Romain dut périr comme les autres. Vainement le tribunal, l'évêque et la municipalité représentèrent au ministre Duport[32] que ce privilège était un simple usage dont ils réclamaient la continuation. Le ministre rejeta leur demande en accompagnant ce refus de ces paroles: «Il est un meilleur remède contre la rigueur du code pénal, c'est la clémence du roi».

Ainsi les principes professés dès le XVIe siècle par Bodin[33] sur le droit de faire grâce étaient passés dans la législation, et ce droit maintenant appartenait au monarque exclusivement. Quatre jours plus tard, il est vrai, Duport n'aurait pu faire la même réponse, car l'Assemblée Nationale venait d'abolir le droit de grâce.

Cela, Messieurs, doit nous rendre indulgents pour un long usage qui avait produit beaucoup d'abus et d'iniquités. Si le privilège de Saint-Romain a trop souvent dérobé des coupables à la justice, n'oublions pas non plus qu'il a parfois sauvé des innocents. Rappelons-nous cette histoire, sculptée sur le portail de nos cathédrales, le patriarche Noé à l'ombre de ses vignes. N'imitons pas ses fils, respectons le vieil âge jusque dans les erreurs de sa foi! Ne rions pas de la simplicité de nos pères!

Ce premier ouvrage [,Messieurs,] n'etait pour M. Floquet que le prélude de travaux considérables. En 1840, après douze ans de préparations continues, furent publiés les deux premiers volumes de l'*Histoire du Parlement de Normandie.*

C'était là un travail énorme, une tâche vraiment digne des Daunou[34] et des Montfaucon[35]. Il fallait dépouiller des monceaux d'arrêts rendus sur des litiges privés et n'offrant qu'à de rares intervalles, çà et là, quelques traits de moeurs, quelques renseignements sur nos vieilles institutions, puis les confronter, les éclairer les uns par les autres, trouver une suite à tous ces faits sans liens, établir un ordre dans ce chaos. C'est d'abord ce qu'a exécuté M. Floquet - et de tous ces vieux parchemins où l'ignorance dédaigneuse ne voit que des paperasses, est sorti le tableau vivant, la reproduction complète d'une de nos anciennes cours judiciaires.

Mais comme l'histoire du Parlement de Normandie est l'histoire de la province elle-même, et comme cette province joue un rôle considérable dans toutes les affaires du royaume, c'est en réalité une des parties capitales de l'histoire de France qui, pour la première fois, se trouve traitée dans l'histoire de M. Floquet. L'analyse d'un tel livre demanderait elle-même un livre. Les plus érudits peuvent y apprendre, les plus difficiles s'y amuser. Personne ne lira sans intérêt (pour ne citer que les passages les plus particulièrement relatifs à notre ville) les curieux détails que l'auteur fournit sur les guerres de religion - la scène burlesque de Brusquet, fou du roi Henri II, plaidant par esbatement devant Catherine de Médicis, la reine d'Ecosse, Marguerite de Flandres, Diane de Poitiers et d'autres dames de la cour - le massacre des religionnaires revenant du prêche de Bondeville - la révolte des Nu-pieds en 1639 - l'étrange procès entre le Maréchal de Bassompierre et Marie Balsac d'Entragues sollicitant l'un et l'autre leurs juges à la tête de leurs soldats - et cette épouvantable histoire des religieuses de Louviers qui se termine sur le Vieux Marché de Rouen par la mort de Boullé, le dernier homme condamné en France pour crime de sorcellerie. Les agitations suscitées par le révocation de l'Edit de Nantes, les procès des Fourré et des Verdure, torturés d'abord puis exécutés bien qu'innocents, celui de la fille Salmon, condamnée à être brûlée vive (brûlée vive en 1783! cinq ans après Voltaire), l'insurrection des Carabots, la capitulation du comte d'Harcourt et les émeutes de la famine sous Louis XVI. Tous ces épisodes et bien d'autres nous mènent jusqu'au Premier Président Louis-François-Elie Camus de Pont Carré, chassé de France par la Terreur et expirant de misère, au fond d'un bouge, dans la cité de Londres. Cet homme, qui avait porté la pourpre et rendu des arrêts, on le voyait entrer le matin dans la boutique d'une marchande de modes et lui demander chapeau bas «si elle n'avait point d'ouvrage pour Mme la Première Présidente».

Ainsi finit, Messieurs, le dernier chef de ce Parlement qui s'était montré catholique et guisard au XVIe siècle, frondeur avec Condé, soumis à Louis XIV, indépendant sous Louis XV, sage quelquefois, opiniâtre toujours. Son rôle, comme celui des autres parlements, avait été de contenir à la fois les envahissements de la royauté et les impatiences du peuple. «Mais leur destruction est à jamais consommée», s'écriait alors Mirabeau; «tenter d'y revenir, ce serait vouloir faire lever le soleil à l'Occident».

L'Académie des Inscriptions et Belles-Lettres, juge souverain en pareille matière, [Messieurs,] crut devoir récompenser par une faveur exceptionnelle un ouvrage d'une telle importance. Sur le rapport de M. Vitet[36] dans sa séance publique du 14 août 1843, elle décerna à M. Floquet le premier prix Gobert[37]. C'était reconnaître tout ce qu'il lui avait fallu de patience et de recherches, et tout ce que son livre comporte en soi de consciencieux, d'utile, d'original, d'excellent.

Mais en préparant son travail, M. Floquet avait dû rencontrer nécessairement beaucoup de faits particuliers qui ne pouvaient entrer dans le cours suivi de sa narration; il les élimina et il en fit le volume des *Anecdotes normandes* paru en 1838. Vous devez vous rappeler, Messieurs, l'élection de Georges d'Amboise, un grand dîner du chapitre de Rouen sous Louis XI et la dame Etiennotte, et toutes ces petites histoires qui contiennent plus d'histoire que bien des grandes. Elles ont été publiées, il faut s'en souvenir, avant les *Contes mérovingiens* d'Augustin Thierry[38], et l'on y retrouve quelque chose de sa manière.

Les goûts littéraires de M. Floquet [,Messieurs,] l'entraînant à l'étude de la poésie sérieuse lui avaient fait écrire, dès 1829, un remarquable opuscule sur les hymnes de Santeuil[39]. Ce fut son discours d'inauguration parmi vous; il se délassait ainsi de ses grands livres par de courts ouvrages, et vos *Précis* de 1828, de 1829 et de 1830 sont riches de ses travaux.

Cependant, il s'apprêtait à donner au public son oeuvre de prédilection, - oeuvre encore inachevée, Messieurs, et qui sera plus tard un des monuments de notre histoire littéraire, - je veux dire les *Etudes sur la vie de Bossuet*[40].

Ce dernier des Pères de l'Eglise a été le constant souci, la préoccupation quotidienne de M. Floquet. Dès 1828, il avait trouvé le manuscrit de la *Logique*, avec trois autres pièces inédites également. En 1827, il publia un *Eloge de Bossuet*, et en 1830 un autre opuscule portant ce titre: *De Bossuet inspiré par les Livres saints.*

Son grand livre des *Etudes* touche à toutes les questions de l'époque, rectifie des jugements erronés, met en lumière des faits nouveaux. C'est là un ouvrage comme on en fait trop peu en France - une de ces merveilles d'érudition et de sagacité où la matière est complètement épuisée, un travail définitif et sur lequel on ne reviendra plus.

L'auteur nous conduit, dans le premier volume, depuis la naissance de Bossuet en 1627, jusqu'à son voyage à Sedan pour complimenter Fabert nommé maréchal de France. Le second s'étend de l'année 1659, où il prononça aux Carmélites un panégyrique en l'honneur de saint Joseph, jusqu'à l'année 1666 où il prêcha à Saint-Germain-en-Laye devant la famille royale. - Et le troisième se termine en 1670 quand Bossuet prêta serment comme précepteur du Dauphin.

Les trois volumes que nous attendons [Messieurs,] seront au niveau des précédents, nous en sommes sûrs d'avance, et c'est alors qu'un autre plus habile pourra louer d'une façon moins concise et plus pertinente cette oeuvre capitale.

Tels sont les titres, Messieurs, qui nous ont paru devoir mériter à M. Floquet l'obtention d'une médaille d'or.

Vous avez jugé bon d'en décerner une autre à M. Louis Hyacinthe Bouilhet, né à Cany en 1822[41] et c'est de lui maintenant qu'il me reste à vous entretenir.

Quand je vous parlais tout à l'heure [Messieurs,] du génie normand, je n'ai peut-être pas insisté suffisamment sur le singulier mélange de bon sens et d'enthousiasme qui le caractérise. Pareil en cela au génie anglais, sa qualité la plus évidente dans la littérature, c'est avant tout l'abondance, la richesse, l'aspiration naturelle vers la grandeur. Voilà qui apparaît tout d'abord, soit qu'il offusque ou qu'il éblouisse, dans Brébeuf[42] et dans Corneille, dans Mlle de Scudéry[43], dans Granville[44], dans Saint-Amant[45], dans Bernardin de Saint-Pierre[46], chez d'autres écrivains d'un ordre inférieur, et dans toutes les oeuvres de M. Louis Bouilhet. Mais cet amour de l'hyperbole et de la métaphore, inhérent à l'esprit littéraire de nos compatriotes, se trouve contrebalancé par un sentiment exquis de la mesure, par un goût qui fait que l'auteur s'arrête juste à temps, corrige l'emphase par la finesse, fait entrer des pensées raisonnables dans sa forme violente, et resserre sur lui les plis pompeux de son manteau afin que ses bras soient plus libres, le but plus évident, l'effet qu'il veut produire plus fort et immédiat.

Ce tact tout spécial - et qui ressemble dans les oeuvres d'art à ce que l'on appelle dans la vie: l'expérience - M. Bouilhet le doit, sans doute, à sa nature et à ses origines, et peut-être aussi, Messieurs, aux études de sa jeunesse. Il a d'abord appris l'homme physique avant de vouloir représenter l'homme moral. Pour mieux connaître son âme, il a disséqué quelque peu son corps. Durant cinq années il fut étudiant en médecine à l'Hôtel-Dieu de Rouen. Et là, [Messieurs,] tout en écoutant les savantes leçons de ses maîtres, il a pu puiser près d'eux, auprès de l'un[20] [47] surtout dont vous connaissez la parole, il a pu prendre, dis-je, quelque chose de cette urbanité d'esprit que donne la fréquentation du monde et se renforcer encore plus dans l'amour des Beaux-Arts et des écrivains classiques.

Il les connaissait à fond dès le collège, où ses succès universitaires - ces triomphes qui ne prouvent pas toujours, quoi qu'on dise, la lourdeur d'imagination - furent continus et éclatants. M. Bouilhet sait le latin, Messieurs, chose rare aujourd'hui et indispensable cependant à la connaissance de notre langue et de notre littérature.

Sa première oeuvre, *Melaenis*, publiée dans la *Revue de Paris* en 1851, est non seulement pleine du goût de l'antiquité, mais c'est le monde romain lui-même qu'elle développe à nos yeux avec tous les quartiers de la ville éternelle, depuis le palais de l'empereur jusqu'au bouge de la sorcière. Nous nous promenons dans les tavernes et dans les étuves, sur le Forum et dans les villas. Nous assistons aux combats des gladiateurs et à la toilette des patriciennes. L'archéologie la plus scrupuleuse, une science réelle sans placage et sans artifice fait comme un *substratum* à

---

[20]   M. le Dr. Hellis.

toutes ces peintures, à cette mise en scène qui rappelle par son opulence et par son ampleur le génie décoratif de Jouvenet[48]. Plus heureux que ses devanciers dans des tentatives pareilles, M. Bouilhet a su déguiser son érudition sous une forme littéraire s'il en fût, l'embrasser dans une action dramatique, si bien que ce poème de cinq mille vers[49] est d'un but à l'autre amusant à lire comme un roman.

Que dirai-je du style [Messieurs,] à la fois abondant et clair, ingénieux, orné, spirituel et fort, soit qu'il se déroule largement[50] dans les descriptions, qu'il se coupe dans les dialogues, ou qu'il accélère sa marche[51] dans les péripéties. Le mètre choisi par l'auteur, la strophe de six vers à rime triplée, est un tour de force prosodique exécuté par Alfred de Musset dans *Namouna*. Cette ressemblance tout extérieure fut défavorable à *Melaenis*; on accusa le plus jeune, le nouveau venu, d'imitation volontaire[52]. Mais si je tentais, Messieurs, de vous démontrer quelles différences radicales existent entre ces deux oeuvres, si je m'efforçais de vous prouver combien la manière de nos deux poètes et leurs tempéraments sont presque antipathiques l'un à l'autre, j'aurais l'air de vouloir établir entre eux un parallèle. Or ces amusements sont pleins de perils. La postérité seule assigne aux écrivains leur place éternelle. Délivrant l'avenir de la tyrannie de nos goûts, elle grandit encore ou bien renverse les statues que nous avons élevées, juge tous nos jugements et refait définitivement la gloire[53].

Que suis-je d'ailleurs [Messieurs,] pour prétendre à classer des poètes[54]? Les uns trouveraient mon enthousiasme exagéré, les autres mes critiques trop sévères; je m'abstiens en réclamant de tous l'indulgence.

A présent, Messieurs, que j'ai pris mes précautions et dégagé quelque peu votre responsabilité de la mienne, je ne craindrai pas de dire que la seconde oeuvre de M. Bouilhet me semble plus considérable que la première, bien qu'elle soit plus courte, et pour beaucoup de lecteurs moins intéressante certainement.

Embrasser dans une description narrative l'histoire entière du monde et de l'humanité depuis les temps préadamiques jusqu'aux nôtres, en terminant par le rêve d'une création future et d'un homme meilleur, tel est, Messieurs, le programme, l'ensemble du poème des *Fossiles*. On y sent partout l'inspiration de la Science moderne. Quelque chose des Humboldt[55] et des Cuvier[56] circule dans ces alexandrins solennels. C'est un coup d'oeil profond jeté sur les âges disparus et une éblouissante échappée ouverte sur l'infini[57].

Pour découvrir quelque chose d'analogue, pour trouver ailleurs cette grande façon de comprendre la nature[58], il faut relire quelques-unes des poésies de Goethe[59] ou plutôt remonter d'un bond à l'épopée scientifique de Lucrèce[60].

Ainsi préparé [Messieurs,] à exprimer des faits par *Melaenis* et des idées par les *Fossiles*, M. Bouilhet abandonna Rouen pour venir à Paris, où il fit représenter au mois de novembre 1856, sur le théâtre impérial de l'Odéon, sa première pièce en vers, *Madame de Montarcy.*

Blesserai-je quelques-unes de vos préférences, [Messieurs,] si j'ose dire que notre auteur a failli cette fois à sa sévérité ordinaire? Son Louis XIV et sa Maintenon ne sont-ils pas le Louis XIV et la Maintenon conventionnels plutôt que ceux de l'histoire? Mais en s'appuyant sur les découvertes contemporaines qui démentent si fort le tradition, l'auteur, peut-être, eût compromis son oeuvre[61]? Le public, au contraire, fut entraîné par le ton chaleureux de la pièce et surtout par le discours du roi aux ambassadeurs étrangers, avec le cinquième acte[62] (quelques-uns de vous s'en souviennent) qui souleva dans la salle des applaudissements frénétiques.

Hélène Peyron fit plus que confirmer les espérances, elle les dépassa [Messieurs]. L'action était plus évidente et mieux conduite, le milieu de la pièce plus serré au dénouement. On s'étonna de voir une peinture de moeurs aussi fidèle et d'entendre des héros bourgeois s'exprimer en noble langage, sans que la vérité de leur caractère en fût cependant altérée[63]. Sa troisième oeuvre dramatique eut, je le sais, moins de succès près du public parisien. La simplicité de la fable, sans doute, en fut cause, ou bien le choix des personnages exclusivement provinciaux, et cependant, Messieurs, s'il me fallait choisir entre ces trois pièces, c'est *L'Oncle Million*, incontestablement, que je proclamerais la meilleure! Jamais style plus souple ne s'est mieux prêté aux exigences de la scène[64]! pas une cheville, pas un mot qui détonne! pas de ces inversions ni de ces tournures prétendues poétiques, inventées par l'impuissance et qui sont contraires au génie de notre idiome comme à la *vérité* de la Passion. Mais il est fâcheux pour M. Bouilhet qu'il ait un si bon style. On aime les spécialités aujourd'hui. Ecrivez lourdement et l'on vous appellera penseur. Ayez une façon de dire les choses nette, originale, vivante, vous passerez pour frivole. Quelques-uns[65] ont refusé à notre compatriote le don dramatique, on lui a reproché en un mot de manquer de charpente. Parce que sa maison était couverte de peintures, on a conclu que ses fondations chancelaient.

Non, Messieurs! vous retrouverez jusque dans ses poésies lyriques ce même esprit d'ordre, de suite et de plan, cette même logique enfin, qui *conduit* ses oeuvres théâtrales. Ce n'est point ici l'étalage d'une individualité orgueilleuse et monotone. Rien de personnel dans le volume de *Festons et Astragales*. On dirait les échos de voix sans nombre, l'âme de plusieurs foules. Divinités de la Grèce[66], mandarins du Fleuve Jaune[67], courtisanes du Nil[68], bateleurs de Rome[69], marquises à la Watteau[70], vierges bibliques[71], rêveries et paysages, épigrammes et dithyrambes, de l'amour et de la tristesse, de l'antique et du moderne, tout s'y trouve. Le poète sait revêtir tous les costumes, prendre toutes les formes. Esprit-Protée qui peut tour à tour murmurer des chants de nourrice pour les enfants, tonner comme Isaïe et badiner comme Voltaire. Rapprochez l'une de l'autre la pièce des *Rois du monde*[72] et celle qui est adressée à l'un de vous, Messieurs, à cet homme aussi vénérable par la droiture de sa vie que par les grâces de son imagination[21] [73], et vous serez émerveillés que l'on puisse être si flexible en restant si pur, et que l'on ait tant d'élégance lorsqu'on est *né* si fort.

C'est qu'en effet, Messieurs, M. Bouilhet n'appartient à aucune école, ne procède d'aucun système. C'est un chantre, un poète dans toute l'acception du mot. Il voit les choses d'un point de vue élevé et synthétique, sous une lumière placide, avec la conscience du savant et l'impartialité du philosophe. Cette intelligence naturaliste le rattache à la grande tradition du XVIe siècle, tandis que la physionomie de son vers, si j'ose dire, rappelle les poètes de la première moitié du XVIIe, et fait songer plutôt à Corneille qu'à Racine, à Régnier[74] qu'à Boileau.

Le public par ses bravos, la presse par ses éloges et le gouvernement en lui décernant la croix de la Légion d'Honneur[75] ont su reconnaître le talent exceptionnel de notre compatriote - et il n'appartient à personne d'en prévoir les développements et les destinées.

Un dernier mot, Messieurs. La vie d'homme de lettres maintenant est, m'a-t-on dit, une chose pénible quand on a plus souci de l'Art que du tapage de son nom et de l'agrandissement de sa fortune. Des obstacles sans nombre embarrassent cette carrière, où l'on se déchire à la calomnie, où l'on se heurte à la sottise et où l'on blesse à chaque pas les vanités lilliputiennes qui s'évertuent dans la poussière! Après les angoisses de l'enfantement et les déceptions de l'idéal, quand la tâche est terminée, rien n'est fait! Il faut alors subir l'indifférence, les refus, le dédain, les outrages, la promiscuité des louanges banales ou les sarcasmes du dénigrement; ne pas rencontrer sur sa route les jalousies intrigantes et se taire toujours devant la médiocrité qui triomphe. Cependant il y a des hommes qui, à force de talent et de vertu, arrivent bientôt à cette palme que tant de mains se disputent. Celui dont nous avons parlé est de ceux-là, Messieurs! La récompense inattendue que vous lui décernez est tout à la fois une consécration, un hommage et un encouragement. Il n'y verra, j'en suis sûr, qu'un souvenir de votre coeur.

---

21   M. Clogenson, conseiller honoraire à la Cour Impériale de Rouen.

**Lettre de M. Gustave Flaubert
à la
Municipalité de Rouen**

au sujet d'un vote concernant

LOUIS BOUILHET[76]

Messieurs,

A la majorité de treize voix contre onze (y compris celles de M. le Maire et de ses six Adjoints), vous avez rejeté l'offre que je vous faisais d'édifier *gratis*, sur une des places ou dans une des rues de la ville à votre choix, une petite fontaine ornée du buste de Louis Bouilhet.

Comme je suis le mandataire des personnes qui m'ont confié leur argent à cette seule intention, je dois protester, par devers le public, contre ce refus, c'est-à-dire répondre aux objections émises dans votre séance du 8 décembre dernier, dont le compte-rendu analytique a paru dans les journaux de Rouen, le 18 du même mois.

Elles se réduisent à quatre motifs principaux:
1° Le Comité des souscripteurs aurait changé la destination du
    monument;
2° Il y aurait péril pour le budget municipal;
3° Bouilhet n'est pas né à Rouen;
4° Son mérite littéraire est insuffisant.

Première objection. - (je copie les termes même du compte-rendu.) *«Appartient-il au Comité de modifier l'œuvre et de substituer une fontaine à un tombeau? On peut se demander si tous les souscripteurs accepteraient cette transformation?»*

Nous n'avons rien modifié, Messieurs; la première idée d'un *monument* (terme vague ne signifiant pas tout à fait tombeau) est due à l'ancien Préfet de la Seine-Inférieure, M. le baron Ernest Leroy,[77] qui m'en fit part à moi-même, pendant la cérémonie des funérailles.

Aussitôt des listes de souscription furent ouvertes. J'y vois des noms de toute sorte et de toute provenance: une Altesse impériale,[78] plusieurs anonymes, George Sand,[79] Alexandre Dumas fils,[80] le grand écrivain russe Tourgueneff,[81] Harisse, journaliste à New-York,[82] etc.[83] La Comédie française s'y trouve représentée par Mmes Plessy,[84] Favart,[85] Brohan[86] et M. Bressant,[87] l'Opéra par M. Faure[88] et Mlle Nillson;[89] bref, au bout de six mois, nous pouvions disposer d'environ 14,000 francs, sans compter que le marbre nous était promis par le ministère des Beaux-Arts, et que le statuaire, choisi par nous, renonçait d'avance à toute rémunération.

Tous ces gens-là, grands ou petits, illustres ou inconnus, n'ont pas donné leur temps, leur talent ou leur argent pour construire dans un cimetière (que la plupart n'aura jamais l'occasion de visiter) un tombeau aussi dispendieux, un de ces édicules grotesques où l'orgueil tâche d'empiéter sur le néant - et qui sont contraires à l'esprit de toute religion comme de toute philosophie.

Non, Messieurs! les souscripteurs voulaient une chose moins inutile, - et plus morale: c'est qu'en passant dans les rues, près de l'image de Bouilhet, chacun d'eux pût se dire - : «Voici un homme qui, en ce siècle de gros sous, consacra toute sa vie au culte des lettres. L'hommage qu'on lui a rendu après sa mort n'est qu'une justice! J'ai contribué pour ma part à cette réparation et à cet enseignement.»

Telle fut leur pensée. Ils n'en eurent pas d'autres. D'ailleurs, qu'en savez-vous? Qui vous a chargé de les défendre?

Mais, le Conseil municipal, ayant cru, dit-il, à un tombeau, nous a donné dix mètres de terrain, et de plus s'est inscrit pour 500 fr. Puisque son vote implique une récrimination, nous refusons son argent. Qu'il garde ces 500 fr.[90]

Quant au terrain, nous sommes tout prêts à vous l'acheter. Quel est votre prix?

En voilà assez sur votre première objection.

LA SECONDE est inspirée par une prudence excessive. *«S'il (le Comité de souscription) se trompait dans ses devis, la ville ne pourrait le laisser inachevé (le monument), et elle doit, dès à présent, prévoir qu'elle prendrait implicitement l'obligation de suppléer à l'insuffisance des ressources, le cas échéant.»*

Mais notre devis eût été soumis à vote architecte; et si nos ressources se fussent trouvées insuffisantes, le Comité (cela va sans dire) eût fait un appel de fonds aux souscripteurs, ou plutôt il les eût lui-même fournis. Nous sommes tous assez riches pour tenir à notre parole.

L'excès de votre inquiétude manque peut-être de politesse.

TROISIEME OBJECTION. - *«Bouilhet n'est pas né à Rouen!»*

Cependant le rapport de M. Decorde l'appelle «un des nôtres!» et, après la *Conjuration d'Amboise*, l'ancien Maire de Rouen, M. Verdrel,[91] dans un banquet qui fut offert à Bouilhet, lui adressa les plus flatteuses comparaisons en l'appelant une des gloires de Rouen. Pendant quelques années, ce fut même une des *scies* de la petite presse parisienne que de se moquer de l'enthousiasme des Rouennais pour Bouilhet.[92] Le *Charivari* publia une caricature où Hélène Peyron recevait les hommages des

Rouennais lui apportant du sucre de pomme et des cheminots;[93] dans une autre, moi indigne, j'étais représenté conduisant «le char des Rouennais.»[94]

N'importe! d'après vous, Messieurs, il s'ensuivrait que si un homme éminent est né dans un village de trente cabanes, il faudrait lui élever un monument dans ce village, plutôt que dans le chef-lieu de son département?

Pourquoi pas dans le faubourg, dans la rue, dans la maison, dans la chambre même où il est né?

Et si l'on ne connaît pas l'endroit de sa naissance (l'histoire là-dessus n'est pas toujours décisive), que ferez-vous? Rien, n'est-ce pas?

QUATRIEME OBJECTION. - «Son mérite littéraire!»

Et, à ce propos, je trouve dans le compte-rendu de bien grosses paroles. - «*Question de convenance et question de principes.*» - Il y aurait *danger.* «*Ce serait une glorification excessive, une haute distinction, un hommage prématuré, un hommage suprême,*» et «*qui ne doit s'accorder qu'avec une extrême réserve;*» enfin, «*Rouen est un piédestal trop grand pour sa gloire!*»

En effet, on n'a pas décerné pareil triomphe:

1° A l'excellent M. Pottier[95], «qui a rendu à la Bibliothèque de la ville des services bien plus signalés.» (Sans doute! comme s'il s'agissait de votre Bibliothèque!) - Ni 2° à Hyacinthe Langlois[96]! Celui-là, Messieurs, je l'ai connu, et mieux que vous tous. Ne relevez pas cette mémoire! Ne parlez jamais de ce noble artiste! Sa vie a été une honte pour ses concitoyens.

Maintenant, il est vrai, vous l'appelez «une grande illustration normande;» et, distribuant la gloire d'une manière toute fantaisiste, vous citez «parmi les illustrations dont peut s'honorer notre ville» (elle le peut, mais elle ne le fait pas toujours) P. Corneille (Corneille, une illustration? décidément vous êtes sévère!), puis, pêle-mêle, Boïeldieu,[97] Lemonnier,[98] Fontenelle et M. Court![99] - en oubliant Géricault,[100] le père de la peinture moderne; Saint-Amant, un grand poète;[101] Boisguilbert,[102] le premier économiste de la France; Cavelier de la Salle,[103] qui découvrit les embouchures du Mississipi; Louis Poterat,[104] l'inventeur de la porcelaine en Europe, - et d'autres!

Que vos prédécesseurs aient oublié de rendre «des hommages suprêmes, excessifs, suffisants,» ou même aucune espèce d'hommage à ces «illustrations,» telles que Samuel Bochart,[105] par exemple, laissant la ville de Caen baptiser de ce nom une de ses rues; cela est incontestable! - mais une injustice antérieure doit-elle autoriser les subséquentes?

Il est vrai que Rabelais, Montaigne, Ronsard, Pascal, Labruyère, Lesage, Diderot, Vauvenargues, Lamennais, Alex. Dumas et Balzac n'ont dans leur pays natal rien qui les rappelle, tandis qu'on peut voir à Nogent-le-Rotrou, la statue du général de Saint-Pol[106]; à Gisors, celle du général Blanmont[107]; à Pontoise, celle du général Leclerc[108]; à Avranches, celle

du général Valhubert[109]; à Lyon, celle de M. Vaïsse[110]; à Nantes, celle de
M. Billault[111]; à Deauville, celle de M. de Morny[112]; au Havre, celle
d'Ancelot[113]; à Valence, celle de Ponsard[114]; dans un jardin public, à Vire,
le buste colossal de Chênedollé[115]; à Séez, en face de la cathédrale, une
statue superbe érigée à Conté[116], célèbre par ses crayons, etc.

Cela est fort bien, si les deniers publics n'en ont pas souffert. Ceux qui
aiment la gloire doivent la payer; que les particuliers qui veulent rendre des
honneurs à quelqu'un les lui rendent à leurs frais.

Et c'est là l'exemple, le précédent même que nous voulions établir.

Votre devoir d'édiles, - du moment que vos finances ne risquaient rien, -
était de prendre vis-à-vis de nous, des garanties d'exécution. Avec le droit
absolu de choisir l'emplacement de notre fontaine, vous aviez celui de
refuser notre sculpteur et même d'exiger un concours.

Loin de là, vous vous préoccupez du succès hypothétique de *Mlle
Aïssé*.[117]

*«Si ce drame n'était pas applaudi, l'exécution d'un monument public élevé
à son mérite littéraire* (le mérite de Bouilhet) *n'en recevrait-il pas un
contre-coup?»*

Et M. Nion[118] (l'adjoint chargé spécialement des Beaux-Arts) trouve
que, si par malheur, ce drame tombait, l'adoption de la mesure proposée
serait de la part du Conseil municipal «une témérité.»

Donc il s'agit, tout bonnement et sans ambages, de connaître à l'avance,
le chiffre des recettes! Si la pièce fait de l'argent, Bouilhet est un grand
homme; si elle tombe, halte-là! Noble théorie.

Mais la réussite immédiate d'une œuvre dramatique ne signifie rien
quant à sa valeur. *L'Avare*, de Molière, eut quatre représentations;[119]
l'*Athalie*, de Racine[120], et le *Barbier de Séville*, de Rossini[121], furent
sifflés. Les exemples surabondent.

Rassurez-vous, du reste, *Mlle Aïssé* a réussi, au-delà de vos espérances.

Qu'importe! car suivant M. Decorde, votre rapporteur: «Le talent de
Bouilhet n'est pas à l'abri de toute critique» et «sa réputation n'est point
suffisamment faite, - pas suffisamment établie.» Suivant M. Nion: «Il est
plus remarquable par la forme que par la conception scènique! - ce n'est pas
un écrivain original, - un auteur de premier ordre!» Enfin, M. Decorde
l'appelle «un élève souvent heureux d'Alfred de Musset!»

Ah! Monsieur, vous n'avez pas l'indulgence qui sied à un confrère en
Apollon, vous qui, raillant avec finesse cette même ville de Rouen, dont
vous défendez si bien la pudeur littéraire, avez stigmatisé *un bourg en
progrès*, Saint-Tard[22] :

Dont le nom peu connu,

---

22   Lu à la Séance publique de l'Académie de Rouen, du 7 août 1867. (Voyez le Précis analytique des
     travaux de l'Académie de Rouen).

Sans doute, jusqu'à vous n'était jamais venu!
Il possédait pourtant, chose digne d'envie,
Un bureau de police et de gendarmerie,
La justice de paix et l'enregistrement,
Un hospice assez grand, légué par testament.

Jolie petite localité où:

En dépit de l'octroi, contre lequel ils grondent,
Les débits de liqueurs et les cafés abondent.

Si l'on vous eût demandé de l'argent, j'aurais compris votre répugnance:

Ici, c'est autre chose, et de toute façon,
On nous met chaque jour à contribution!
. . . .
. . . .
Les bourgeois de Saint-Tard, d'ailleurs, sont peu portés
A faire grand assaut de générosités.

Et nous attendions mieux de votre goût, vous qui avez fustigé l'argot moderne dans votre épître *des Importations anglaises*[23], où se trouvent ces quatre vers - dignes d'envie:

J'ai lu dans un journal qu'à Boulogne-sur-Mer,
Par un grand *Cricket-Club*, un *match* vient d'être offert.
. . . .
. . . .
Et peut avoir droit à l'admiration
Pour avoir pauvrement singé la *fashion*.

Beau passage! mais dépassé par celui-ci:

J'ai lu dans quelqu'endroit qu'un avare de Rennes
Ne sachant comment faire, en un pareil moment,
S'avisa de mourir le dernier jour de l'an,
De peur de donner des Etrennes.

En effet, vous avez toutes les cordes, - soit que vous chantiez les albums de photographie:

---

[23] Lu à la Séance publique de l'Académie de Rouen, du 7 août 1865. (Voyez le Précis analytique des travaux de l'Académie de Rouen).

C'est pour les visiteurs une distraction,
Et partout on en fait ample collection.

Ou le Jardin de Saint-Ouen:

A ton tour, tu subis le sort de ce grand cours,
Si brillant dans les anciens jours,
Que ne fréquente plus personne[24]

Ou les plaisirs de la danse:

Mais, comme au goût du jour, il faut que tout s'arrange,
Terpsichore a subi la loi du libre-échange;
Déjà, sans respecter la prohibition,
Les Lanciers nous étaient arrivés d'Albion[25].

Ou les dîners en ville:

Mais vous n'attendez pas sans doute que j'expose
Comment de ces repas le menu se compose:
Sur la table, au début, figure le dessert.
. . . .
. . . .
Hélas, tous ces plaisirs ne sont pas sans dépense;
L'hiver, au citadin, coûte plus qu'on ne pense[26]!

Ou les merveilles de l'industrie moderne:

On peut, dès à présent, avec bien moins de frais,
Par des trains de plaisir disposés tout exprès,
Visiter en huit jours la Suisse ou la Belgique.
. . . .
Et lorsque de Lesseps, après de longs efforts,
De l'isthme de Suez aura percé les bords,
Le touriste pourra, sans craindre la distance,
Comme on part aujourd'hui pour faire un tour en France,
Aller jusque dans l'Inde ou l'extrême Orient,
Faire un voyage d'agrément[27]!

---

24 Lettre de condoléance au Jardin de Saint-Ouen. - Séance du 2 juin 1865. (Voyez Précis analytique de l'Académie de Rouen.)
25 L'Hiver à la ville. (Epître.- Séance du 6 août 1863.)
26 Id. Id. Id.
27 Les Vacances. (Epître familière.) Séance du 6 août 1861.

Faites-le! faites toujours de pareils bonbons! Faites même des drames, vous qui discernez si bien la forme de la conception dramatique, - et soyez sûr, honorable monsieur, que votre réputation fût-elle «suffisamment établie», et bien que vous ressembliez à Louis Bouilhet, car votre «talent», à vous aussi, n'est pas «à l'abri de toute critique», et vous n'êtes non plus ni «un écrivain original», ni «un auteur de premier ordre», jamais on ne vous appellera «un élève» même «heureux d'Alfred de Musset!»

Sur ce point, d'ailleurs, votre mémoire est en défaut. Un de vos collègues à l'Académie des Sciences, Belles-Lettres et Arts de Rouen n'a-t-il pas débité, dans la séance publique du 7 août 1862, un éloge pompeux de Louis Bouilhet? Il le mettait très-haut comme auteur dramatique et le défendait si bien d'être un imitateur d'Alfred de Musset, qu'ayant moi-même à dire la même chose dans la préface de *Dernières Chansons*, je n'ai eu qu'à me rappeler, ou plutôt qu'à copier, les phrases mêmes de mon vieil ami Alfred Nion, le frère de M. Emile Nion, l'adjoint, celui qui manque de témérité!

Que craignez-vous donc, ô adjoint chargé spécialement des Beaux-Arts? «L'encombrement sur vos places publiques?»

Mais les poètes comme celui-là (ne vous en déplaise) ne sont pas précisément innombrables.

Depuis que vous avez refusé d'accepter son buste, *malgré* le don de notre fontaine, vous avez perdu un des vôtres, votre adjoint, M. Thubeuf[122]; je ne voudrais rien dire de méséant, ni outrager le deuil d'une famille que je n'ai pas l'honneur de connaître, mais il me semble que, dès maintenant, Nicolas-Louis-Juste Thubeuf est aussi ignoré qu'un Pharaon de la 23e dynastie, - tandis que le nom de Bouilhet s'étale aux vitrines de toutes les librairies de l'Europe, qu'on monte *Aïssé* à Saint-Pétersbourg et à Londres, et que ses pièces seront jouées et ses vers réimprimés dans six ans, dans vingt ans, dans cent ans peut-être et au-delà.

Car on ne vit dans la mémoire des hommes que si on leur a donné de grands amusements ou rendu de grands services. Vous n'êtes pas faits pour nous fournir les uns; accordez-nous les autres.

Et au lieu de vous livrer à la critique littéraire, distraction en dehors de votre compétence, occupez-vous de choses plus sérieuses, telles que:

La construction d'un pont fixe;

La construction d'entrepôts-magasins sur la rive droite de la Seine;

L'élargissement de la rue Grand-Pont;

Le percement d'une rue allant du Palais-de-Justice aux quais;

La vente des Docks;

L'achèvement de la sempiternelle flèche de la cathédrale, etc., etc.

Vous possédez ainsi, par devers vous, une jolie collection qu'on pourrait nommer *Muséum des projets ajournés*. La clef en est remise par chaque administration qui s'évanouit à celle qui lui succède, tant on a peur de se compromettre, tant on redoute d'agir! La circonspection passe pour une telle vertu que l'initiative devient un crime. Etre médiocre ne nuit pas; mais avant tout, il faut se garder d'entreprendre.

Quant le public a bien crié, ou plutôt murmuré, on se met en règle en nommant une Commission; et dès lors on peut ne rien faire du tout, absolument rien «il y a une Commission.» Argument invincible, panacée contre toutes les impatiences.[123]

Quelquefois, cependant, on a l'audace d'exécuter. Mais c'est une merveille, presque un scandale, comme il arriva lors des «grands travaux de Rouen,» c'est-à-dire lorsqu'on fit l'ex-rue de l'Impératrice, maintenant rue Jeanne-Darc et le square Solférino! Cependant

Les squares maintenant sont à l'ordre du jour,
Il fallait que Rouen en eût un à son tour!
(Poésies de M. Decorde, LETTRE DE CONDOLEANCE AU
JARDIN DE SAINT-OUEN, déjà citée.)

Mais parmi tous vos projets, le plus ajourné, le plus important, le plus urgent, c'est celui de la distribution des eaux. Car vous en manquez, vous en avez besoin, à Saint-Sever, par exemple.

Or, nous vous proposions, nous autres, d'établir, à n'importe quel coin de rue, deux colonnes ioniques surmontées d'un tympan avec un buste au milieu, une coquille au-dessous; - et déjà nous voyions notre petite fontaine exécutée. - Des promesses, je dis des promesses formelles, avaient été faites à quelques-uns d'entre nous par plusieurs d'entre vous.

Aussi notre surprise fut-elle grande, d'autant plus que la municipalité est parfois large en ces matières: témoin la statue de Napoléon 1er qui décore la place Saint-Ouen. En effet, vous avez donné pour ce chef-d'œuvre (le Conseil général avait voté une première fois 10,000 fr., une seconde fois 8,000 fr., enfin une troisième 5,000 fr. *d'indemnité au statuaire*, parce que sa maquette avait été renversée fortuitement par la Commission, - toujours les Commissions! Quelle aptitude pour les Arts!), vous avez donné, dis-je, la légère somme de 30,000 fr. pour édifier cette statue - équestre et hydrocéphale - qui n'en a coûté après tout que 160,000 à peu près, on ne sait pas au juste.[124]

Mais pour celle de Pierre Corneille, proposée en 1805 et qui fut élevée vint-neuf ans plus tard, en 1834, vous avez, vous, Conseil municipal, dépensé 7,037 fr. 38c., pas un sou de plus[125].

Il est vrai que c'est un très-grand poète, et vous poussez la considération pour les grands poètes jusqu'à vous priver du nécessaire plutôt que de permettre des honneurs à un écrivain de second ordre.

Deux questions, cependant : si la fontaine, si ce monument d'utilité publique, offert par nous, avait dû porter, comme ornement, tout autre chose que le buste de Louis Bouilhet, l'auriez-vous refusé?

S'il se fût agi d'un hommage à un de ces grands industriels de notre département, dont la fortune se compte par deux douzaines de millions, l'auriez-vous refusé? J'en doute.

Prenez garde qu'on ne vous accuse de mépriser ceux qui ne donnent point l'exemple de la fortune!

Pour des hommes si prudents et qui considèrent avant tout le succès, vous vous êtes singulièrement trompés, Messieurs! le *Moniteur universel*, l'*Ordre*, le *Paris-Journal*, le *Bien public*, le *XIXe siècle*, l'*Opinion nationale*, le *Constitutionnel*, le *Gaulois*, le *Figaro*, etc., presque tous les journaux, enfin, se sont déclarés contre vous violemment; et, pour ne faire qu'une citation, voici quelques lignes du patriarche de la critique moderne, Jules Janin[126]:

«Lorsque vint l'heure enfin de la récompense définitive, on rencontra je ne sais quelle mauvaise volonté qui mit obstacle à l'espérance suprême des amis de Louis Bouilhet. On ne voulut pas de son buste sur une place publique et dans une ville qu'il illustrait de tous les bruits de sa renommée. En vain ses amis proposaient d'amener l'eau sur cette place aride, afin que le buste, ornement de la fontaine, disparût dans ce bienfait; mais, faites donc entendre aux hommes injustes la cruauté d'un pareil refus! Ils dresseraient tant qu'on voudrait des images à la guerre. Ils ne veulent pas de la poésie!»

Parmi vous, d'ailleurs, sur vingt-quatre que vous étiez, onze se sont déclarés pour nous; et MM. Vaucquier du Traversin[127], F. Deschamps[128] et Raoul Duval[129] ont éloquemment protesté en faveur des lettres.

Cette affaire en soi est fort peu de chose. Mais on peut la noter comme un signe du temps, - comme un trait caractéristique de votre classe - et ce n'est plus à vous, Messieurs, que je m'adresse, mais à tous les bourgeois. Donc je leur dis:

Conservateurs qui ne conservez rien,

Il serait temps de marcher dans une autre voie, - et puisqu'on parle de régénération, de décentralisation, changez d'esprit! ayez à la fin quelque initiative!

La noblesse française s'est perdue pour avoir eu, pendant deux siècles, les sentiments d'une valetaille. La fin de la bourgeoisie commence parce qu'elle a ceux de la populace. Je ne vois pas qu'elle lise d'autres journaux, qu'elle se régale d'une musique différente, qu'elle ait des plaisirs plus relevés. Chez l'une comme chez l'autre, c'est le même amour de l'argent, le même respect du fait accompli, le même besoin d'idoles pour les détruire, la même haine de toute supériorité, le même esprit de dénigrement, la même crasse ignorance!

Ils sont sept cents à l'Assemblée nationale. Combien y en a-t-il qui puissent dire les noms des principaux traités de notre histoire, ou les dates de six rois de France, qui sachent les premiers éléments de l'économie politique, qui aient lu seulement Bastiat[130]? La Municipalité de Rouen, qui tout entière a nié le mérite d'un poète, ignore peut-être les règles de la versification? et elle n'a pas besoin de les savoir, tant qu'elle ne se mêle pas de vers.

Pour être respectés par ce qui est au-dessous, respectez donc ce qui est au-dessus!

Avant d'envoyer le peuple à l'école, allez-y vous même!

Classes éclairées, éclairez-vous!

A cause de ce mépris pour l'intelligence, vous vous croyez *pleins de bon sens, positifs, pratiques!* mais on n'est véritablement pratique qu'à la condition d'être un peu plus . . . Vous ne jouiriez pas de tous les bienfaits de l'industrie, si vos pères du XVIIIᵉ siècle n'avaient eu pour idéal que l'utilité matérielle. A-t-on assez plaisanté l'Allemagne sur ses idéologues, ses rêveurs, ses poètes nuageux? Vous avez vu, hélas! où l'ont conduit ses nuages! Vos milliards l'ont payée de tout le temps qu'elle n'avait point perdu à bâtir des systèmes. Il me semble que le rêveur Fichte a réorganisé l'armée prussienne après Iéna[131], et que le poète Kœrner[132] a poussé contre nous quelques uhlans vers 1813?

Vous, pratiques? Allons donc! Vous ne savez tenir ni une plume, ni un fusil! Vous vous laissez dépouiller, emprisonner et égorger par des forçats! vous n'avez plus même l'instinct de la brute, qui est de se défendre; et, quand il s'agit non seulement de votre peau, mais de votre bourse, laquelle devrait vous être plus chère, l'énergie vous manque pour aller déposer un morceau de papier dans une boîte! Avec tous vos capitaux et votre sagesse, vous ne pouvez faire une association équivalente à l'*Internationale!*[133]

Tout votre effort intellectuel consiste à trembler devant l'avenir.

Imaginez autre chose! Hâtez-vous! ou bien la France s'abîmera de plus en plus entre une démagogie hideuse et une bourgeoisie stupide.

Gustave FLAUBERT

PREFACE AUX «DERNIERES CHANSONS»

I

On simplifierait peut-être la critique si, avant d'énoncer un jugement, on déclarait ses goûts; car toute oeuvre d'art renferme une chose particulière tenant à la personne de l'artiste et qui fait, indépendamment de l'exécution, que nous sommes séduits ou irrités[134]. Aussi notre admiration n'est-elle complète que pour les ouvrages satisfaisant à la fois notre tempérament et notre esprit. L'oubli de cette distinction préalable est une grande cause d'injustice.

Avant tout, l'opportunité du livre est contestée[135]. «Pourquoi ce roman? à quoi sert un drame? qu'avons-nous besoin? etc.» Et, au lieu d'entrer dans l'intention de l'auteur, de lui faire voir en quoi il a manqué son but, et comment il fallait s'y prendre pour l'atteindre, on le chicane sur mille choses en dehors de son sujet, en réclamant toujours le contraire de ce qu'il a voulu[136]. Mais si la compétence du critique s'étend au-delà du procédé, il devrait tout d'abord établir son esthétique et sa morale.

Aucune de ces garanties ne m'est possible à propos du poète dont il s'agit. Quant à raconter sa vie, elle a été trop confondue avec la mienne, et là-dessus je serai bref, les mémoires individuels ne devant appartenir qu'aux grands hommes[137]. D'ailleurs n'a-t-on pas abusé du «renseignement»? L'histoire absorbera bientôt toute la littérature. L'étude excessive de ce qui faisait l'atmosphère d'un écrivain nous empêche de considérer l'originalité même de son génie. Du temps de Laharpe[138], on était convaincu que, grâce à de certaines règles, un chef-d'oeuvre vient au monde sans rien devoir à quoi que ce soit, tandis que maintenant on s'imagine découvrir sa raison d'être, quand on a bien détaillé toutes les circonstances qui l'environnent[139].

Un autre scrupule me retient: je ne veux pas démentir une réserve que mon ami a constamment gardée.

A une époque où le moindre bourgeois cherche un piédestal, quand la typographie est comme le rendez-vous de toutes les prétentions et que la concurrence des plus sottes personnalités devient une peste publique, celui-là eut l'orgueil de ne montrer que sa modestie. Son portrait n'ornait point les vitrines du boulevard. On n'a jamais vu une réclamation, une lettre, une seule ligne de lui dans les journaux. Il n'était pas même de l'académie de sa province[140].

Aucune vie cependant ne mériterait plus que la sienne d'être longuement exposée. Elle fut noble et laborieuse. Pauvre, il sut rester libre. Il était robuste comme un forgeron[141], doux comme un enfant, spirituel sans paradoxe, grand sans pose; et ceux qui l'ont connu trouveront que j'en devrais dire davantage.

II

Louis-Hyacinthe BOUILHET naquit à Cany (Seine-Inférieure) le 27 mai 1822. Son père, chef des ambulances dans la campagne de 1812, passa la Bérésina à la nage en portant sur sa tête la caisse du régiment, et mourut jeune par suite de ses blessures; son grand-père maternel, Pierre Hourcastremé[142], s'occupa de législation, de poésie, de géométrie, reçut des compliments de Voltaire, correspondit avec Turgot, Condorcet, mangea presque toute sa fortune à s'acheter des coquilles, mit au jour les *Aventures de messire Anselme*, un *Essai sur la faculté de penser*, les *Etrennes de Mnémosyne*[143], etc., et après avoir été avocat au bailliage de Pau, journaliste à Paris, administrateur de la marine au Havre, maître de pension à Montivilliers[144], partit de ce monde presque centenaire, en laissant à son petit-fils le souvenir d'un bonhomme bizarre et charmant, toujours poudré, en culottes courtes, et soignant des tulipes.

L'enfant fut placé à Ingouville[145], dans un pensionnat, sur le haut de la côte, en vue de la mer; puis, à douze ans, vint au collège de Rouen, où il remporta dans toutes ses classes presque tous les prix, - bien qu'il ressemblât fort peu à ce qu'on appelle un bon élève, ce terme s'appliquant aux natures médiocres et à une tempérance d'esprit qui était rare dans ce temps-là.

J'ignore quels sont les rêves des collégiens, mais les nôtres étaient superbes d'extravagance, - expansions dernières du romantisme arrivant jusqu'à nous, et qui, comprimées par le milieu provincial, faisaient dans nos cervelles d'étranges bouillonnements. Tandis que les coeurs enthousiastes auraient voulu des amours dramatiques, avec gondoles, masques noirs et grandes dames évanouies dans des chaises de poste au milieu des Calabres, quelques caractères plus sombres (épris d'Armand Carrel[146], un compatriote) ambitionnaient les fracas de la presse ou de la tribune, la gloire des conspirateurs. Un rhétoricien composa une *Apologie de Robespierre*, qui, répandue hors du collège, scandalisa un monsieur, si bien qu'un échange de lettres s'ensuivit avec proposition de duel, où le monsieur n'eut pas le beau rôle. Je me souviens d'un brave garçon, toujours affublé d'un bonnet rouge; un autre se promettait de vivre plus tard en mohican; un de mes intimes voulait se faire rénégat pour aller servir Abd-el-Kader. Mais on n'était pas seulement troubadour, insurrectionnel et oriental, on était avant tout artiste; les pensums finis, la littérature commençait; et on se crevait les yeux à lire aux dortoirs des romans, on portait un poignard dans sa poche comme Antony[147]; on faisait plus: par dégoût de l'existence, Bar*** se cassa la tête d'un coup de pistolet[148], And***[149] se pendit avec sa cravate. Nous méritions peu d'éloges, certainement! mais quelle haine de toute platitude! quels élans vers la grandeur! quel respect des maîtres[150]! comme on admirait Victor Hugo!

Dans ce petit groupe d'exaltés, Bouilhet était le poète, poète élégiaque, chantre de ruines et de clairs de lune. Bientôt une corde se tendit, et toute langueur disparut, - effet de l'âge, puis d'une virulence républicaine tellement naïve qu'il manqua, vers les vingt ans, s'affilier à une société secrète.

Son baccalauréat passé, on lui dit de choisir une profession: il se décida pour la médecine, et, abandonnant à sa mère son mince revenu, se mit à donner des leçons.

Alors commença une existence triplement occupée par ses besognes de poète, de répétiteur et de carabin. Elle fut pénible tout à fait, lorsque, deux ans plus tard, nommé interne à l'Hôtel-Dieu de Rouen, il entra, sous les ordres de mon père, dans le service de chirurgie. Comme il ne pouvait être à l'hôpital durant le journée, ses tours de garde la nuit revenaient plus souvent que ceux des autres; il s'en chargeait volontiers, n'ayant que ces heures-là pour écrire; - et tous ses vers de jeune homme, pleins d'amour, de fleurs et d'oiseaux, ont été faits pendant des veillées d'hiver, devant la double ligne des lits d'où s'échappaient des râles, ou par les dimanches d'été, quand, le long des murs, sous sa fenêtre, les malades en houppelande se promenaient dans la cour. Cependant ces années tristes ne furent pas perdues: la contemplation des plus humbles réalités fortifia la justesse de son coup d'oeil, et il connut l'homme un peu mieux pour avoir pansé ses plaies et disséqué son corps.

Un autre n'aurait pas tenu à ces fatigues, à ces dégoûts, à cette torture de la vocation contrariée. Mais il supportait tout cela gaiement, grâce à sa vigueur physique et à la santé de son esprit. On se souvient encore, dans sa ville, d'avoir souvent rencontré au coin des rues ce svelte garçon d'une beauté apollonienne, aux allures un peu timides, aux grands cheveux blonds, et tenant toujours sous son bras des cahiers reliés. Il écrivait dessus rapidement les vers qui lui venaient, n'importe où, dans un cercle d'amis, entre ses élèves, sur la table d'un café, pendant une opération chirurgicale en aidant à lier une artère; puis il les donnait au premier venu, léger d'argent, riche d'espoir, - vrai poète dans le sens classique du mot.

Quand nous nous retrouvâmes, après une séparation de quatre années, il me montra trois pièces considérables.

La première, intitulée *Le Déluge*[151], exprimait le désespoir d'un amant étreignant sa maîtresse sur les ruines du monde près de s'engloutir:

> Entends-tu sur les montagnes
> Se heurter les palmiers verts?
> Entends-tu dans les campagnes
> Le râle de l'univers?

Il y avait des longueurs et de l'emphase, mais d'un bout à l'autre un entrain passionné.

Dans la seconde, une satire contre *les Jésuites*[152], le style, tout différent, était plus ferme:

O prêtres de salons, allez sourire aux femmes;
Dans vos filets dorés prenez ces pauvres âmes!
....
Et, ministres charmants, au confessionnal
Tournez la pénitence en galant madrigal!
Ah! vous êtes bien là, héros de l'Evangile,
Parfumant Jésus-Christ des fleurs de votre style
Et faisant chaque jour, martyrs des saintes lois,
Sur des tapis soyeux le chemin de la croix?
....
Ces marchands accroupis sur les pieds du Calvaire,
Qui vont tirant au sort et lambeau par lambeau
Se partagent, Seigneur, ta robe et ton manteau;
Charlatans du saint lieu, qui vendent, ô merveille,
Ton coeur en amulette et ton sang en bouteille!

Il faut se remettre en mémoire les préoccupations de l'époque, et observer que l'auteur avait vingt-deux ans. La pièce est datée 1844.

La troisième était une invective *à un poète vendu*[153] qui rentrait tout à coup dans la carrière:

A quoi bon réveiller ton ardeur famélique?
Poursuis par les prés verts ta chaste bucolique!
Sur le rivage en fleur où dort le flot vermeil,
Archange, enivre-toi des feux de ton soleil!
Chante la Syphilis sous les feuilles du saule!
Le manteau de Brutus te blesserait l'épaule,
Et ton âme naïve et ton coeur enfantin
Viendraient peut-être encore accuser le Destin!
Le Destin qui t'a pris.....................
....
Va! c'est l'âpre Plutus qui marche la main pleine
Et cote en souriant la conscience humaine!
Le Destin! c'est le sac dont le ventre enflé d'or
Est si doux à palper dans un joyeux transport;
C'est la Corruption qui, des monts aux vallées,
Traîne aux regards de tous ses mamelles gonflées!
C'est la Peur! c'est la Peur! fantôme au pied léger
Qui travaille le lâche à l'heure du danger!
....

Ton Apollon sans doute, en sa prudente course,
Pour monter au Parnasse a passé par la Bourse!
Dans ce ciel politique, où souvent on peut voir
Le soleil au matin s'éteindre avant le soir,
La lunette en arrêt, promènes-tu ton rêve
De Guizot qui pâlit à Thiers qui se lève,
Et sur le temps mobile aujourd'hui règles-tu
Ta foi barométrique et ta souple vertu?

....

Arrière l'homme grec dont les strophes serviles
Ont encensé Xerxès le soir des Thermopiles!

et la suite, du même ton, rudoyait fort le ministère.

Il avait envoyé cette pièce à *La Réforme*[154], dans l'illusion qu'elle serait insérée. On lui répondit par un refus catégorique, le journal jugeant inopportun de s'exposer à un procès - pour de la littérature.

Ce fut dans ce temps-là, vers la fin de 1845[155], à la mort de mon père, que Bouilhet quitta définitivement la médecine. Il continua son métier de répétiteur, puis, s'associant à un camarade, se mit à faire des bacheliers. 1848 ébranla sa foi républicaine; et il devint un littérateur absolu, curieux seulement de métaphores, de comparaisons, d'images, et, pour tout le reste, assez froid.

Sa connaissance profonde du latin (il écrivait dans cette langue presque aussi facilement qu'en français) lui inspira quelques-unes des pièces romaines qui sont dans *Festons et Astragales*; puis le poème de *Melaenis*, publié par la *Revue de Paris*, à la veille du coup d'Etat.

Le moment était funeste pour les vers. Les imaginations, comme les courages, se trouvaient singulièrement aplaties, et le public, pas plus que le pouvoir, n'était disposé à permettre l'indépendance d'esprit. D'ailleurs le style, l'art en soi, paraît toujours insurrectionnel aux gouvernements et immoral aux bourgeois. Ce fut la mode, plus que jamais, d'exalter le sens commun et de honnir la poésie; pour vouloir montrer du jugement, on se rua dans la sottise; tout ce qui n'était pas médiocre ennuyait. Par protestation, il se réfugia vers les mondes disparus et dans l'extrême-Orient: de là *Les Fossiles* et différentes pièces chinoises.

Cependant la province l'étouffait. Il avait besoin d'un plus large milieu, et, s'arrachant à ses affections, il vint habiter Paris.

Mais, à un certain âge, *le sens* de Paris ne s'acquiert plus; des choses toutes simples pour celui qui a humé, enfant, l'air du boulevard, sont impraticables à un homme de trente-trois ans qui arrive dans la grande ville avec peu de relations, pas de rentes et l'inexpérience de la solitude. Alors les mauvais jours commencèrent.

Sa première oeuvre, *Madame de Montarcy*, reçue à correction par le Théâtre-Français, puis refusée à une seconde lecture, attendit pendant deux ans, et ne parvint sur la scène de l'Odéon qu'au mois de novembre 1856.

Ce fut une représentation splendide. Dès le second acte les bravos interrompirent souvent les acteurs; un souffle de jeunesse circulait dans la salle; on eut quelque chose des émotions de 1830[156]. Le succès se confirma. Son nom était connu.

Il aurait pu l'exploiter, collaborer, se répandre, gagner de l'argent. Mais il s'éloigna du bruit, pour aller vivre à Mantes dans une petite maison, à l'angle du pont, près d'une vieille tour. Ses amis venaient le voir le dimanche; sa pièce terminée, il la portait à Paris.

Il en revenait chaque fois avec une extrême lassitude, causée par les caprices des directeurs, les chicanes de la censure, l'ajournement des rendez-vous, le temps perdu, - ne comprenant pas que l'Art dans les questions d'art pût tenir si peu de place! Quand il fit partie d'une commission nommée pour détruire les abus au Théâtre-Français, il fut le seul de tous les membres qui n'articula pas de plaintes sur le tarif des droits d'auteur[157].

Avec quel plaisir il se remettait à sa distraction quotidienne: l'apprentissage du chinois! car il l'étudia pendant dix ans de suite, uniquement pour se pénétrer du génie de la race, voulant faire plus tard un grand poème sur le Céleste Empire[158]; ou bien, les jours que le coeur étouffait trop, il se soulageait par des vers lyriques de la contrainte du théâtre.

La chance, favorable à ses débuts, avait tourné; mais *La Conjuration d'Amboise* fut une revanche qui dura tout un hiver[159].

Six mois plus tard, la place de conservateur à la bibliothèque municipale de Rouen lui fut donnée. C'était le loisir et la fortune, un rêve ancien qui se réalisait. Presque aussitôt, une langueur le saisit, - épuisement de sa lutte trop longue. Pour s'en distraire, il essaya de différents travaux: il annotait Du Bartas, relevait dans Origène les passages de Celse[160], avait repris les tragiques grecs, et il composa rapidement sa dernière pièce, *Mademoiselle Aïssé*.

Il n'eut pas le temps de la relire. Son mal (une albuminurie connue trop tard) était irrémédiable, et, le 18 juillet 1869, il expira sans douleur, ayant près de lui une vieille amie de sa jeunesse, avec un enfant qui n'était pas le sien, et qu'il chérissait comme son fils.

Leur tendresse avait redoublé pendant les derniers jours[161]. Mais deux autres personnes se montrèrent simplement atroces[162], -comme pour confirmer cette règle qui veut que les poètes trouvent dans leur famille les plus amers découragements; car les observations énervantes, les sarcasmes mielleux, l'outrage direct fait à la Muse, tout ce qui renfonce dans le désespoir, tout ce qui vous blesse au coeur, rien ne lui a manqué, - jusqu'à l'empiètement sur la conscience, jusqu'au viol de l'agonie!

Ses compatriotes se portèrent à ses funérailles comme à l'enterrement des hommes publics, les moins lettrés comprenant qu'une intelligence supérieure venait de s'éteindre, qu'une grande force était perdue. La presse parisienne tout entière s'associa à cette douleur; les plus hostiles même n'épargnèrent pas les regrets; ce fut comme une couronne envoyée de loin sur son tombeau. Un écrivain catholique y jeta de la fange[163].

Sans doute, les connaisseurs de vers doivent déplorer qu'une lyre pareille soit muette pour toujours; mais ceux qu'il avait initiés à ses plans, qui profitèrent de ses conseils, qui enfin connaissaient toute la puissance de son esprit, peuvent seuls se figurer à quelle hauteur il serait parvenu.

Il laisse, outre ce volume et *Aïssé*, trois comédies en prose[164], une féerie, et le premier acte du *Pèlerinage de Saint-Jacques*, drame en vers et en dix tableaux.

Il avait en projet deux petits poèmes: l'un intitulé *Le Boeuf*, pour peindre la vie rustique du Latium; l'autre, *Le dernier Banquet*, aurait fait voir un cénacle de patriciens qui, pendant la nuit où les soldats d'Alaric vont prendre Rome, s'empoisonnent tous dans un festin, en disant la grandeur de l'antiquité et la petitesse du monde moderne. De plus, il voulait faire un roman sur les païens du Ve siècle, contre-partie des *Martyrs*, mais, avant tout, son conte chinois, dont le scénario est complètement écrit; enfin, comme ambition suprême, un poème résumant la science moderne et qui aurait été le *De Naturâ rerum* de notre âge.

III

A qui appartient-il de classer les talents des contemporains, comme si on était supérieur à tous, de dire «Celui-ci est le premier, celui-là le second, cet autre le troisième?» Les revirements de la célébrité sont nombreux. Il y a des chutes sans retour, de longues éclipses, des réapparitions triomphantes. Ronsard, avant Sainte-Beuve, n'était-il pas oublié[166]? Autrefois Saint-Amant[167] passait pour un moindre poète que Jacques Delille[168]. *Don Quichotte*[169], *Gil Blas*[170], *Manon Lescaut*[171], *La Cousine Bette*[172] et tous les chefs-d'oeuvre du roman n'ont pas eu le succès de *L'Oncle Tom*[173]. J'ai entendu dans ma jeunesse faire des parallèles entre Casimir Delavigne[174] et Victor Hugo; et il semble que «notre grand poète national»[175] commence à déchoir. Donc il convient d'être timide. La postérité nous déjuge. Elle rira peut-être de nos dénigrements, plus encore de nos admirations; - car la gloire d'un écrivain ne relève pas du suffrage universel, mais d'un petit groupe d'intelligences qui à la longue impose son jugement[176].

Quelques-uns vont se récrier que je décerne à mon ami une place trop haute. Ils ne savent pas plus que moi celle qui lui restera.

Parce que son premier ouvrage est écrit en stances de six vers, à rimes triplées, comme *Namouna*, et débute ainsi:

De tous ceux qui jamais ont promené dans Rome,
Du quartier de Suburre au mont Capitolin,
Le cothurne à la grecque et la toge de lin,
Le plus beau fut Paulus...,

tournure pareille à cette autre:

De tous les débauchés de la ville du monde
Où le libertinage est à meilleur marché,
De la plus vieille en vice et de la plus féconde,
Je veux dire Paris, le plus grand débauché
C'était Jacques Rolla,

sans rien voir de plus,et méconnaissant toutes les différences de facture, de poétique et de tempérament, on a déclaré que l'auteur de *Melaenis* copiait Alfred de Musset[177]! Ce fut une condamnation sans appel, une rengaine[178], - tant il est commode de poser sur les choses une étiquette pour se dispenser d'y revenir.

Je voudrais bien n'avoir pas l'air d'insulter les dieux. Mais qu'on m'indique, chez Musset[179], un ensemble quelconque où la description, le dialogue et l'intrigue s'enchaînent pendant plus de deux mille vers, avec une telle suite de composition et une pareille tenue dans le langage, une oeuvre enfin de cette envergure-là? Quel art il a fallu pour reproduire toute la société romaine d'une manière qui ne sentît pas le pédant, et dans les bornes étroites d'une fable dramatique!

Si l'on cherche dans les poésies de Louis Bouilhet l'idée mère, l'élément génial, on y trouvera une sorte de naturalisme, qui fait songer à la Renaissance. Sa haine du commun l'écartait de toute platitude, sa pente vers l'héroïque était rectifiée par l'esprit; car il avait beaucoup d'esprit, - et c'est même une face de son talent presque inconnue: il la tenait un peu dans l'ombre, la jugeant inférieure. Mais, à présent, rien n'empêche d'avouer qu'il excellait aux épigrammes, quatrains, acrostiches, rondeaux, bouts-rimés et autres «joyeusetés» faites par distraction, comme débauche. Il en faisait aussi par complaisance. Je retrouve des discours officiels pour des fonctionnaires, des compliments de jour de l'an pour une petite fille, des stances pour un coiffeur, pour le baptême d'une cloche, pour le passage d'un souverain. Il dédia à un de nos amis blessé en 1848, une ode sur le patron de *La Prise de Namur*, où l'emphase atteint au sublime de l'ennui[180]. Un autre ayant abattu d'un coup de fouet une vipère, il lui expédia un morceau intitulé: *Lutte d'un monstre et d'un artiste français*, qui contient assez de tournures poncives, de métaphores boiteuses et de périphrases idiotes pour servir de modèle ou d'épouvantail[181]. Mais son triomphe, c'était le genre Béranger[182]! Quelques intimes se rappelleront éternellement *Le Bonnet de coton*, un chef-d'oeuvre célébrant «la gloire, les belles et la philosophie», à faire crever d'émulation tous les membres du Caveau![28] 183 184

Il avait le don de l'amusement, - chose rare chez un poète. Que l'on oppose les pièces chinoises aux pièces romaines, *Néera*[185] au *Lied normand*[186], *Pastel*[187] à *Clair de lune*[188], *Chronique du printemps*[189] à *Sombre Eglogue*[190], *Le Navire*[191] à *Une soirée*[192], et on reconnaîtra combien il était fertile et ingénieux.

Il a dramatisé toutes les passions, dit les plaintes de la momie[193], les triomphes du néant[194], la tristesse des pierres[195], exhumé des mondes[196], peint des peuples barbares[197], fait des paysages de la Bible[198] et des chants de nourrice[199]. Quant à la hauteur de son imagination, elle paraît suffisamment prouvée par *Les Fossiles*[200], cette oeuvre que Théophile Gautier appelait «la plus difficile, peut-être, qu'ait tentée un poète!»[201] j'ajoute: «le seul poème scientifique de toute la littérature française qui soit cependant de la poésie». Les stances à la fin sur l'homme futur montrent de quelle façon il comprenait les plus transcendantes utopies; et sa *Colombe*[203] restera peut-être comme la profession de foi historique du XIXe siècle en matière religieuse. A travers cette sympathie universelle, son individualité perce nettement: elle se manifeste par des accents lugubres ou ironiques dans *Dernière Nuit*[204], *A une femme*[205], *Quand vous m'avez quitté, boudeuse*[206], etc, tandis qu'elle éclate d'une manière presque sauvage dans *La Fleur rouge*[207], ce cri unique et suraigu.

Sa forme est bien à lui, sans parti pris d'école, sans recherche de l'effet, souple, véhémente, pleine et imagée, musicale toujours. La moindre de ses pièces a une composition. Les rejets, les entrelacements, les rimes, tous les secrets de la métrique, il les possède; aussi son oeuvre fourmille-t-elle de bons vers, de ces vers tout d'une venue et qui sont bons partout, dans *Le Lutrin* comme dans *Les Châtiments*. Je prends au hasard:

- S'allonge en crocodile et finit en oiseau[29] 208.
- Un grand ours au poil brun, coiffé d'un casque d'or[209].
- C'était un muletier qui venait de Capoue[210].
- Le ciel était tout bleu, comme une mer tranquille[211].
- Mille choses qu'on voit dans le hasard des foules[212].

et celui-ci pour la sainte Vierge;

Pâle éternellement d'avoir porté son Dieu[213].

Car il est classique dans un certain sens. *L'Oncle Million*, entre autres,

---

[28] Voir à la fin de la *Préface*.
[29] Pour décrire un ptérodactyle.

n'est-il pas d'un français excellent?
> Des vers! écrire en vers! Mais c'est une folie!
> J'en sais de moins timbrés qu'on enferme et qu'on lie!
> Morbleu! qui parle en vers? la belle invention!
> Est-ce que j'en fais, moi? Fils de mes propres oeuvres,
> Il m'a fallu, mon cher, avaler des couleuvres
> Pour te donner un jour le plaisir émouvant
> De guetter, lyre en main, l'endroit d'où vient le vent!
> Ces frivolités-là sagement entendues
> Sont bonnes, si l'on veut, à nos heures perdues;
> Moi-même, j'ai connu dans une autre maison
> Un commis bon enfant qui tournait la chanson.
> ....

Et plus loin:
> Mais je dis que Léon n'est pas même un poète!
> Lui, poète! allons donc! que me chantez-vous là,
> Moi qui l'ai vu chez nous, pas plus haut que cela!
> Comment? qu'a-t-il en lui qui passe l'ordinaire,
> C'est un simple idiot, et je vous réponds, moi,
> Qu'il fera le commerce, ou qu'il dira pourquoi!

Voilà un style qui va droit au but, où l'on ne sent pas l'auteur; le mot disparaît dans la clarté même de l'idée, ou plutôt, se collant dessus, ne l'embarrasse dans aucun de ses mouvements, et se prête à l'action.

Mais on m'objectera que toutes ces qualités sont perdues à la scène, bref, qu'il «n'entendait pas le théâtre!»

Les soixante-dix-huit représentations de *Montarcy*, les quatre-vingts d'*Hélène Peyron* et les cent cinq de *La Conjuration d'Amboise* témoignent du contraire. Puis il faudrait savoir ce qui convient au théâtre, - et d'abord reconnaître qu'une question y domine toutes les autres: celle du succès, du succès immédiat et lucratif[214].

Les plus expérimentés s'y trompent, - ne pouvant suivre assez promptement les variations de la mode. Autrefois, on allait au spectacle pour entendre de belles pensées en beau langage; vers 1830, on a aimé la passion furieuse, le rugissement à l'état fixe; plus tard, une action si rapide que les héros n'avaient pas le temps de parler; ensuite, la thèse, le but social[215]; après quoi est venue la rage des traits d'esprit; et maintenant, toute ferveur semble acquise à la reproduction des plus niaises vulgarités[216].

Certainement Bouilhet estimait peu les thèses, il avait en horreur «les mots», il aimait les développements et considérait le réalisme, ou ce qu'on nomme ainsi, comme une chose fort laide[217]. Les grands effets ne pouvant s'obtenir par les demi-teintes, il préférait les caractères tranchés, les situations violentes, et c'est pour cela qu'il était bien un poète tragique.

Son intrigue faiblit, quelquefois, par le milieu. Mais dans les pièces en vers, si elle était plus serrée, elle étoufferait toute poésie. Sous ce rapport, du reste, *La Conjuration d'Amboise* et *Mademoiselle Aïssé* marquent un progrès, - et, pour qu'on ne m'accuse pas d'aveuglement, je blâme dans *Madame de Montarcy* le caractère de Louis XIV trop idéalisé, dans *L'Oncle Million* la feinte maladie du notaire, dans *Hélène Peyron* des longueurs à l'avant-dernière scène du quatrième acte, et dans *Dolorès* le défaut d'harmonie entre le vague du milieu et la précision du style; enfin ses personnages parlent trop souvent en poètes, ce qui ne l'empêche pas de savoir amener les coups de théâtre, exemples: la réapparition de Marceline chez M. Daubret, l'entrée de dom Pèdre au troisième acte de *Dolorès*, la comtesse de Brisson dans le cachot, le commandeur à la fin d'*Aïssé*, et Cassius revenant comme un spectre chez l'impératrice *Faustine*. On a été injuste pour cette oeuvre. On n'a pas compris, non plus, l'atticisme de *L'Oncle Million*, la mieux écrite peut-être de toutes ses pièces, comme *Faustine* en est la plus rigoureusement combinée[218].

Elles sont toutes, au dénouement, d'un large pathétique, animées d'un bout à l'autre par une passion vraie, pleines de choses exquises et fortes. Et comme il est bien fait pour la voix, cet hexamètre mâle, avec ses mots qui donnent le frisson, et ces élans cornéliens pareils à de grands coups d'aile!

C'est le ton épique de ses drames qui causait l'enthousiasme aux premières représentations. Du reste, ces triomphes l'enivraient fort peu, car il se disait que les plus hautes parties d'une oeuvre ne sont pas toujours les mieux comprises, et qu'il pouvait avoir réussi par des côtés inférieurs[219].

S'il avait fait en prose absolument les mêmes pièces, on eût peut-être exalté son génie dramatique. Mais il eut l'infortune de se servir d'un idiome détesté généralement. On a dit d'abord: «Pas de comédie en vers!» plus tard: «Pas de vers en habit noir!» quand il est si simple de confesser qu'on n'en désire nulle part.

Mais c'était sa véritable langue. Il ne traduisait pas de la prose. Il pensait par les rimes, - et les aimait tellement qu'il en lisait de toutes les sortes, avec une attention égale. Quand on adore une chose, on en chérit la doublure; les amateurs de spectacle se plaisent dans les coulisses; les gourmands s'amusent à voir faire la cuisine; les mères ne rechignent pas à débarbouiller leurs marmots[220]. La désillusion est le propre des faibles. Méfiez-vous des dégoûtés: ce sont presque toujours des impuissants.

IV

Lui, il pensait que l'Art est une chose sérieuse, ayant pour but de produire une exaltation vague, et même que c'est là toute sa moralité. J'extrais d'un cahier de notes les trois passages suivants:

Dans la poésie, il ne faut pas considérer si les moeurs
sont vertueuses, mais si elles sont pareilles à celles
de la personne qu'elle introduit. Ainsi nous décrit-elle
indifféremment les bonnes et les mauvaises actions, sans
nous proposer les dernières en exemples.
PIERRE CORNEILLE.

L'Art, dans ses créations, ne doit penser à plaire qu'aux
facultés qui ont vraiment le droit de le juger. S'il
fait autrement, il marche dans une voie fausse.
GOETHE.

Toutes les beautés intellectuelles qui s'y trouvent (dans
un beau style), tous les rapports dont il est composé,
sont autant de vérités aussi utiles, et peut-être plus
précieuses pour l'esprit public que celles qui peuvent
faire le fond du sujet.
BUFFON.

Ainsi l'Art, ayant sa propre raison en lui-même, ne doit pas être considéré comme un moyen. Malgré tout le génie que l'on mettra dans le développement de telle fable prise pour exemple, une autre fable pourra servir de preuve contraire; car les dénouements ne sont point des conclusions; d'un cas particulier il ne faut rien induire de général; - et les gens qui se croient par là progressifs vont à l'encontre de la science moderne, laquelle exige qu'on amasse beaucoup de faits avant d'établir une loi. Aussi Bouilhet se gardait-il de *l'art prêcheur* qui veut enseigner, corriger, moraliser. Il estimait encore moins *l'art joujou* qui cherche à distraire comme les cartes, ou à émouvoir comme la cour d'assises; et il n'a point fait de *l'art démocratique*, convaincu que la forme, pour être accessible à tous, doit descendre très bas, et qu'aux époques civilisées on devient niais lorsqu'on essaie d'être naïf. Quant à *l'art officiel*, il en a repoussé les avantages, parce qu'il aurait fallu défendre des causes qui ne sont pas éternelles[221].

Fuyant les paradoxes, les nosographies, les curiosités, tous les petits chemins, il prenait la grande route, c'est-à-dire les sentiments généraux, les côtés immuables de l'âme humaine, et comme «les idées forment le fond du style», il tâchait de bien penser, afin de bien écrire.

Jamais il n'a dit:
Le Mélodrame est bon, si Margot a pleuré[222],

lui qui a fait des drames où l'on a pleuré, ne croyant pas que l'émotion pût remplacer l'artifice. Il détestait cette maxime nouvelle qu'«il faut écrire comme on parle».

En effet, le soin donné à un ouvrage, les longues recherches, le temps, les peines, ce qui autrefois était une recommandation est devenu un ridicule, - tant on est supérieur à tout cela, tant on regorge de génie et de facilité[223]!

Il n'en manquait pas, cependant: ses acteurs l'ont vu faire au milieu d'eux des retouches considérables. L'inspiration, disait-il, doit être amenée et non subie.

La plastique étant la qualité première de l'Art, il donnait à ses conceptions le plus de relief possible, suivant le même Buffon qui conseille d'exprimer chaque idée par une image. Mais les bourgeois trouvent, dans leur spiritualisme, que la couleur est une chose trop matérielle pour rendre le sentiment; - et puis le bon sens français, d'aplomb sur son paisible bidet, tremble d'être emporté dans les cieux, et crie à chaque minute: «Trop de métaphores!» comme s'il en avait à revendre.

Peu d'auteurs ont autant pris garde au choix des mots, à la variété des tournures, aux transitions, - et il n'accordait pas le titre d'écrivain à celui qui ne possède que certaines parties du style. Combien des plus vantés seraient incapables de faire une narration, de joindre bout à bout une analyse, un portrait et un dialogue!

Il s'enivrait du rythme des vers et de la cadence de la prose qui doit, comme eux, pouvoir être lue tout haut. Les phrases mal écrites ne résistent pas à cette épreuve; elles oppressent la poitrine, gênent les battements du coeur, et se trouvent ainsi en dehors des conditions de la vie.

Son libéralisme lui faisait admettre toutes les écoles; Shakespeare et Boileau se coudoyaient sur sa table.

Ce qu'il préférait chez les Grecs, c'était l'*Odyssée* d'abord, puis l'immense Aristophane, et parmi les latins, non pas les auteurs du temps d'Auguste (excepté Virgile), mais les autres qui ont quelque chose de plus roide et de plus ronflant, comme Tacite et Juvénal. Il avait beaucoup étudié Apulée.

Il lisait Rabelais continuellement, aimait Corneille et La Fontaine, - et tout son romantisme ne l'empêchait pas d'exalter Voltaire.

Mais il haïssait les discours d'académie, les apostrophes à Dieu, les conseils au peuple, ce qui sent l'égout, ce qui pue la vanille, la poésie de bouzingot, et la littérature talon-rouge, le genre pontifical et le genre chemisier.

Beaucoup d'élégances lui étaient absolument étrangères, telles que l'idolâtrie du XVIIe siècle, l'admiration du style de Calvin, le gémissement sur la décadence des arts. Il respectait fort peu M. de

Maistre[224]. Il n'était pas ébloui par Proudhon.

Les esprits sobres, selon lui, n'étaient rien que des esprits pauvres; et il avait en horreur le faux bon goût, plus exécrable que le mauvais, toutes les discussions sur le Beau, le caquetage de la critique. Voici qui en dira plus long: c'est une page d'un calepin ayant pour titre *Notes et projets - Projets!*

Ce siècle est essentiellement pédagogue. Il n'y a pas de grimaud qui ne débite sa harangue, pas de livre si piètre qui ne s'érige en chaire à prêcher! Quant à la forme, on la proscrit. S'il vous arrive de bien écrire, on vous accuse de n'avoir pas d'idées. Pas d'idées, bon Dieu! Il faut être bien sot, en effet, pour s'en passer au prix qu'elles coûtent. La recette est simple: avec deux ou trois mots: «avenir, progrès, société», fussiez-vous Topinambou, vous êtes poète! Tâche commode qui encourage les imbéciles et console les envieux. O médiocratie fétide, poésie utilitaire, littérature de pions, bavardages esthétiques, vomissements économiques, produits scrofuleux d'une nation épuisée, je vous exècre de toutes les puissances de mon âme! Vous n'êtes pas la gangrène, vous êtes l'atrophie! Vous n'êtes pas le phlegmon rouge et chaud des époques fiévreuses, mais l'abcès froid aux bords pâles, qui descend, comme d'une source, de quelque carie profonde!

Au lendemain de sa mort, Théophile Gautier écrivait: «Il portait haut la vieille bannière déchirée en tant de combats, on peut l'y rouler comme dans un linceul. La valeureuse bande d'Hernani a vécu».

Cela est vrai. Ce fut une existence complètement dévouée à l'idéal, un des rares desservants de la littérature pour elle-même, derniers fanatiques d'une religion près de s'éteindre - ou éteinte[225].

«Génie de second ordre», dira-t-on. Mais ceux du quatrième ne sont pas maintenant si communs! Regardez comme le désert s'élargit! un souffle de bêtise, une trombe de vulgarité nous enveloppe, prête à recouvrir toute élévation, toute délicatesse[226]. On se sent heureux de ne plus respecter les grands hommes, et peut-être allons-nous perdre, avec la tradition littéraire, ce je ne sais quoi d'aérien qui mettait dans la vie quelque chose de plus haut qu'elle. Pour faire des oeuvres durables, il ne faut pas rire de la gloire. Un peu d'esprit se gagne par la culture de l'imagination, et beaucoup de noblesse dans le spectacle des belles choses.

Et puisqu'on demande à propos de tout une moralité, voici la mienne:

Y a-t-il quelque part deux jeunes gens qui passent leurs dimanches à lire ensemble les poètes, à se communiquer ce qu'ils ont fait, les plans des ouvrages qu'ils voudraient écrire, les comparaisons qui leur sont venues, une phrase, un mot, et, bien que dédaigneux du reste, cachant cette passion avec une pudeur de vierge? je leur donne un conseil[227]:

Allez côte à côte dans les bois, en déclamant des vers, mêlant votre âme à la sève des arbres et à l'éternité des chefs-d'oeuvre, perdez-vous dans les rêveries de l'histoire, dans les stupéfactions du sublime[228]! Usez votre jeunesse aux bras de la Muse! Son amour console des autres, et les remplace[229].

Enfin, si les accidents du monde, dès qu'ils sont perçus, vous apparaissent transposés comme pour l'emploi d'une illusion à décrire, tellement que toutes les choses, y compris votre existence, ne vous sembleront pas avoir d'autre utilité, et que vous soyez résolus à toutes les avanies, prêts à tous les sacrifices, cuirassés à toute épreuve, lancez-vous, publiez!

Alors, quoi qu'il advienne, vous verrez les misères de vos rivaux sans indignation et leur gloire sans envie; car le moins favorisé se consolera par le succès du plus heureux; celui dont les nerfs sont robustes soutiendra le compagnon qui se décourage; chacun apportera dans la communauté ses acquisitions particulières; et ce contrôle réciproque empêchera l'orgueil et ajournera la décadence.

Puis, quand l'un sera mort, - car la vie était trop belle, que l'autre garde précieusement sa mémoire pour lui faire un rempart contre les bassesses, un recours contre les défaillances, ou plutôt comme un oratoire domestique où il ira murmurer ses chagrins et détendre son coeur. Que de fois, la nuit, jetant les yeux dans les ténèbres, derrière cette lampe qui éclairait leurs deux fronts, il cherchera vaguement une ombre, prêt à l'interroger: «Est-ce ainsi? que dois-je faire? réponds-moi!» -Et si ce souvenir est l'éternel aliment de son désespoir, ce sera, du moins, une compagnie dans sa solitude.

GUSTAVE FLAUBERT

20 juin 1870

* Voici quelques échantillons de ces poésies:

A VICTOR HUGO, ACADEMICIEN
O triste ambition que la grandeur nous donne!
Du plus vaste génie un hochet est l'écueil:
Le géant d'Austerlitz se baissa jusqu'au trône,
    Hugo jusqu'au fauteuil.
        (*Septembre 1841*)

A VOLTAIRE
Sans en être écrasé, Voltaire a sur son dos
La haine des cafards avec l'amour des sots!

A MADAME ***
(Qui avait une Vénus de Milo dans son boudoir)
Si dans ce boudoir étoilé
Je vois le torse mutilé
De la fière amante d'Anchise,
O Muse au regard enchanté,
C'est que devant votre beauté
Ses bras sont tombés de surprise!

ERREUR DES YEUX[230]
*(L'auteur s'étant trompé sur le couleur des yeux
d'une dame, lui envoya en réparation le quatrain suivant)*
Donc il est bien comme la violette,
Ce long regard qui m'a rendu l'espoir!
Il est si doux que j'en perdais la tête,
Et si profond qu'il m'a semblé tout noir!

A UNE JEUNE FILLE
MANQUANT DE CHARMES[231]
Qu'importe ton sein maigre, ô mon objet aimé!
On est plus près du coeur quand la poitrine est plate;
Et je vois, comme un merle en sa cage enfermé,
L'Amour entre tes os rêvant sur une patte!

Bouilhet avait fait beaucoup de vers de ce genre-là, et de plus *salés*.

APPENDICE
NOTE

Il sera peut-être utile plus tard, pour l'histoire littéraire, de connaître les jugements qu'on a portés sur *Mademoiselle Aïssé*. Des articles extrêmement favorables ont été publiés par MM. Jules Janin, Théophile Gautier, Théodore de Banville, Amédée Achard, Charles de la Rounat, Xavier Aubryet, H. de la Pommeraye, Listerer, etc., dans les *Débats*, la *Gazette de Paris, le National, Paris-Journal, le XIXᵉ Siècle, le Monde illustré, le Bien Public, Revue* et *Gazette des Théâtres, la Constitution, le Radical*, etc., etc.

Quant aux articles d'un esprit tout contraire, en voici quelques extraits

I. - L'ŒUVRE

... Sauf l'espèce, l'air de *bravoure* qui termine le troisième acte, la pièce, où se rencontre nécessairement de jolis détails, est longue, lente, sans passion.

JULES CLARETIE. - Le Soir, 8 janvier 1872

Amalgamez *la Duchesse de la Vaubalière* et *la Dame aux Camélias*, vous aurez l'*Aïssé* de Louis Bouilhet,... drame inconsistant, faux, absurde, et ce qui est pire, mortellement ennuyeux.

Je ne veux pas insister sur la cruelle imperfection d'une œuvre que les amis du poète enlevé prématurément aux lettres auraient dû laisser dormir pieusement dans les cartons où elle reposait.

Il y avait un poète dans Louis Bouilhet; mais ce poète s'exprimait dans un langage inégal, incorrect, qui confondait trop souvent la boursouflure avec le grandiose. Ces défauts ne sont nulle part plus choquants que dans *Aïssé*, alors qu'il s'agit de dépeindre et de faire parler l'époque la moins lyrique de notre histoire.

Au quatrième acte, Aïssé, lasse des insultes du chevalier d'Aidie, qui la traite comme une prostituée ...... termine par ce trait étonnant:

> Dans quel coin le ministre attend-il sur un pied?...
> Taisez-vous donc, monsieur, vous me faites pitié!

AUGUSTE VITU. - Figaro, 8 janvier.

Ce qui nous frappe dans cette œuvre mal venue, c'est le mélange des styles et des genres, qui hurlent de se voir ainsi accouplés de force. M. Bouilhet allie à la brutalité des vulgaires mélodrames l'imitation des formes cornéliennes et le pastiche des élégances convenues du siècle de la poudre. Telle tirade débute par des vers pleins, fiers et sonores, comme ceux de Corneille et de Hugo, passe ensuite par les mièvreries des Parny et des Dorat, pour se terminer par un effet à la Pixérécourt.

Et dans tout cela, rien de sincère, rien qui jaillisse de source! C'est du procédé et toujours du procédé! De toutes ces langues si disparates, Bouilhet n'a pas su se créer une manière qui lui fût personnelle. Partout on sent l'écolier qui imite; l'élève de rhétorique qui a beaucoup lu, et qui s'est colligé un peu partout un cahier d'expressions abondamment fourni.

. . . .

Je doute pourtant que l'Odéon retrouve dans le nouveau drame de Louis Bouilhet, le succès de *La Conjuration d'Amboise*. Il a le pire des défauts: il est ennuyeux.

Au moins nous a-t-il ennuyés tous à la première représentation.

FRANCISQUE SARCEY. - *Le Temps*, 8 janvier

Je tiens à mettre en regard des incongruités rimées qu'il nous a fallu subir, les pensées, le ton, le langage simple du chevalier d'Aydie de l'histoire; ma citation est de l'hygiène bien entendue; nous allons respirer le parfum de l'amour, après avoir traversé, en nous tenant le nez, le charnier de la passion brutale.....(*suit la citation.*)

...Je n'accuse pas la mémoire d'un poète qui a laissé de belles promesses de talent; ma critique va chercher derrière ce nom, que l'on désapprend au public de respecter, les impitoyables admirateurs de Louis Bouilhet, lesquels, au risque de l'envelopper tout entier dans une chute pour lui sans revanche possible, ont mis à l'enchère des paperasses qu'il avait peut-être condamnées au feu. Si c'est ainsi qu'on admire, comment s'y prend-on pour trahir?

B. JOUVIN. - *La Presse*, 15 janvier.

...Le vers est parfois si alambiqué, et si amphigourique, qu'on ne se le figure pas résonnant aux oreilles de Fontenelle, etc., etc.

Sans signature. - *Avenir national*, 10 janvier.

...M. Bouilhet était peut-être moins apte encore qu'aucun autre de nos poètes à nous rendre Mlle Aïssé sur la scène. Coloriste à outrance et sans finesse, son œuvre fait l'effet d'une miniature de Latour reproduite par un peintre d'enseignes.

...Et quelle versification! Il faut tout le talent des interprètes pour faire passer ces métaphores outrées et incohérentes, ces vers à la débandade, toujours gonflés des mêmes mots et culbutants les uns sur les autres,

comme des buveurs s'efforçant de marcher ensemble.
LOUIS MOLAND. - *Le Français*, 15 janvier.

...Pas de drame, mais un poème, comme je l'ai dit; pas de scènes, beaucoup de vers; presque pas de dialogue, mais des tirades à foison; - jamais un personnage ne dit moins de quinze vers de suite, et il va très souvent jusqu'à cinquante et soixante tout d'un souffle; il n'a choisi du sujet que ce qui pouvait être texte et prétexte à vers sonores. Il l'a découpé en tranches poétiques avec la faculté de métamorphoser par l'assaisonnement et de transformer par la sauce ce qui lui semblerait plus lyrique sous tel aspect que sous tel autre.
EDOUARD FOURNIER. - *La Patrie*, 8 janvier.

II. - SES TENDANCES

Le héros de la pièce, le chevalier d'Aydie, dans une sortie des plus inconvenantes, faite en pleine cour du régent, prévoit la Commune de 1871.
HIPPOLYTE HOSTEIN - *Le Constitutionnel*, 8 janvier.

Mais, enhardi par ce premier succès, le chevalier d'Aydie ne s'avise-t-il pas de prédire la Commune et l'incendie du Palais-Royal?
Bien que cette seconde tirade ait été encore plus applaudie que la première, je me permets de la trouver d'un goût détestable et absolument déplacée.
FRANÇOIS OSWALD. - *Le Gaulois*, 8 janvier.

...Il (*le chevalier d'Aydie*) éclate en imprécations contre l'ingrate, contre les courtisans qui se font agents de corruption; il prédit une prochaine révolution, où l'on verra le peuple envahir le palais des princes et purifier par le feu ces demeures souillées par tant de crimes et tant de hontes.
E.-D. De BIEVILLE. - *Le Siècle*, 15 janvier.

L'épisode du marchandage au compte du Régent, si commode pour les déclamations communeuses contre les palais bons à brûler, a été complaisamment conservé et surtout étendu[30] [232].

---

[30] Voir l'AUTOGRAPHE du 28 janvier 1872.

Il n'est pas le plus authentique, mais il pouvait devenir le plus déclamatoire et fournir plus aisément tout ce qu'on voudrait d'alexandrins au pétrole.

EDOUARD FOURNIER. - *La Patrie*, 8 janvier.

Toute la cour est là, dans le grand salon du Régent, rangée autour de lui, qui l'écoute, et il leur dit qu'ils sont tous, les hommes, des entremetteurs, les femmes, des filles perdues, et qu'il se passe tant d'abominations dans les palais des rois:

> Qu'un de ces jours le peuple, avec des yeux ardents,
> Viendra voir en *fureur*[31] ce qu'on fait là-dedans.[233]

Là-dessus le public des troisièmes galeries éclate en applaudissements frénétiques; il crie *bis, bis*, comme après un air de bravoure.
L'acteur ne répète point, et il a bien raison. C'est déjà trop d'une fois.
. . . .
Ce sont là des scènes que se permet le mélodrame. Ce sont les conventions de cet art inférieur, de cet art grossier. A-t-on le droit de les transporter dans un drame en vers, où l'on demande une observation plus exacte des bienséances?

FRANCISQUE SARCEY. - *Le Temps*, 8 janvier.

Le chevalier d'Aydie... s'emporte jusqu'à prédire qu'un jour le peuple voudra savoir ce qui se passe dans les repaires royaux, et y entrera la torche à la main pour purifier avec le feu ces sentines de honte et d'infamie.
Un pareil souhait, une pareille prophétie, au lendemain des crimes de la Commune, a fait courir comme un frisson de stupeur; il semblait qu'une odeur de pétrole se fût répandue dans la salle...
Littérairement, historiquement, je le (*Louis Bouilhet*) plains d'avoir à ce point méconnu les convenances théâtrales, en même temps qu'il outrageait les grands souvenirs de la monarchie française.
C'est se faire gratuitement le complice des passions les plus détestables et de la plus douloureuse ignorance que de populariser par l'art dramatique les accusations odieuses et stupides d'un tas de pamphlets enfantés presque toujours par la plus sordide spéculation.
La responsabilité de ce scandale remonte à ceux qui n'ont eu ni le courage ni le tact de faire subir à l'œuvre posthume du poète une modification nécessaire, que le sentiment public lui imposera.

---

31   Voir *Aïssé*, acte III, scène X, p.105.

. . . .
Je ne me reproche pas d'avoir dit la vérité, si dure qu'elle soit, sur le drame posthume de Louis Bouilhet. Le cas n'est pas de ceux où l'on puisse impunément user de complaisance.
D'ailleurs, comme disait ce gueux de Voltaire...

. . . .
AUGUSTE VITU - *Le Figaro*, 8 janvier.

NOTA. - C'est dans le même numéro du *Figaro*, qu'on peut lire les deux passages suivants sur M. Littré:

«M. Littré n'a d'autre raison d'être reçu parmi vous (LES ACADÉMICIENS) que ce bagage de doctrines matérialistes, d'où sont sortis les hommes de la Commune...

- Et cependant, puisque l'Académie tient si peu compte de la langue française,....etc.»

NOTES

1 Wace est né sur l'île de Jersey au début du XIIe siècle, mais il a fait ses études à Caen.

2 Jacques Basnage, né à Rouen en 1653 et mort en 1723, a été un des plus brillants avocats du Parlement de Normandie. Il est l'auteur d'*Histoire des Juifs depuis Jésus-Christ* (1699) et d'*Antiquités juives* (1713). Dans un carnet de notes pour *Hérodias*, établi en 1876, Flaubert cite un de ses ouvrages (*Carnets de travail*, p.754).

3 La célèbre actrice la Champmeslé, qui s'est illustrée dans les tragédies de Racine, est née à Rouen en 1642.

4 Le marin Abraham Duquesne est né à Dieppe en 1610.

5 Corneille, né à Rouen en 1606, a toujours été parmi les grandes admirations littéraires de Flaubert, qui le mettait bien au-dessus de Racine.

6 Richard Simon, célèbre pour ses travaux d'exégèse, est né et mort à Dieppe (1638-1712).

7 Malherbe est né à Caen en 1555. Mais Flaubert ne l'appréciait guère: écrivant à Ernest Chevalier le [2 septembre 1843], il l'appelle «un pédant», et le [8 octobre 1853], il écrit à Louise Colet qu'il approuve Boileau d'avoir reconnu que «Malherbe n'était pas né poète».

8 Le poète Saint-Amant est né à Quevilly en 1594. Flaubert l'estimait beaucoup; son porte-parole Jules, dans la première *Education sentimentale*, «aimait, au milieu du grave siècle de Louis XIV, à entendre rire Saint-Amant». Flaubert possédait dans sa bibliothèque deux volumes d'oeuvres de Saint-Amant (*Carnets de travail*, p.950).

9 Jean Regnault de Segrais, poète et ami de Mme de La Fayette, est né à Caen en 1612.

10 L'auteur dramatique Isaac de Benserade est né à Lyons-la-Forêt en 1612.

11 Fontenelle est né à Rouen en 1657.

12 Flaubert n'avait pas très bonne opinion de Bernardin de Saint-Pierre. Il met *Paul et Virginie* parmi les livres préférés de Marie, la prostituée de *Novembre*, et dans *Bouvard et Pécuchet*, il précise qu'après avoir lu *Les Harmonies de la Nature*, les deux bonshommes sont «pleins de cette philosophie qui découvre dans la nature des intentions vertueuses et la considère comme une espèce de saint Vincent de Paul, toujours occupé à répandre des bienfaits!» Il a pourtant reconnu l'émotion que pouvait provoquer la lecture du roman: «la mort de Virginie est fort belle, mais que d'autres morts aussi émouvantes (parce que celle de Virginie est exceptionnelle)! Ce qu'il y a d'*admirable*, c'est sa lettre à Paul, écrite de Paris. Elle m'a toujours arraché le coeur quand je l'ai lue» (à Louise Colet [16

septembre 1853]). Mais, comme Bouilhet, il ne croyait pas que «l'émotion pût remplacer   l'artifice».

13   Le physicien Pierre-Louis Dulong est né à Rouen en 1785.

14   Le journaliste libéral Armand Carrel est né à Rouen en 1800. Après un carrière aventureuse, il a été tué dans un duel avec Emile de Girardin en 1836.

15   Le compositeur François-Adrien Boïeldieu est né à Rouen en 1775.

16   Le maréchal Amable Pelissier, duc de Malakoff, né à Maromme en 1794, était, à l'époque du *Discours*, gouverneur de l'Algérie.

17   Charles Cousin-Montauban, comte de Palikao, est né à Paris en 1796. Il devait présider le dernier gouvernement de Napoléon III, juste avant la chute de l'Empire. Vainqueur à Palikao en Chine en 1860, c'est donc lui qui a porté les couleurs de la France à l'ombre de la Grande Muraille.

18   Berthold Georg Niebuhr (Flaubert a écrit Niebhurr; dans le texte imprimé, on a écrit Niebhur, ce qui ne vaut guère mieux), qui a vécu de 1776 à 1831, a été, á l'époque, le plus grand historien de l'Antiquité.

19   Jeune, Flaubert a aimé les romans de Walter Scott, mais dans *Bouvard et Pécuchet* il s'est moqué des entorses qu'il faisait à l'Histoire, de sa pruderie et de ses personnages stéréotypés.

20   Flaubert, qui aimait à se dire «un vieux romantique», a toujours admiré Victor Hugo, qu'il considérait comme un «colossal poète», même s'il lui arrivait de critiquer ses idées politiques, son ignorance et son mépris de la science. Ici, il pense plus particulièrement à *Notre-Dame de Paris*, qu'il a relu avec émerveillement en 1853: «Quelle belle chose que *Notre-Dame*! [...] C'est cela qui *est fort*» (à Louise Colet, le [15 juillet 1853]).

21   Eustache-Hyacinthe Langlois, antiquaire et dessinateur, né à Pont de l'Arche en 1777 et mort à Rouen en 1837, a publié de nombreux ouvrages sur les monuments et les arts de la Normandie. Son *Essai historique, philosophique et pittoresque sur la peinture sur verre* (1832) est une des principales sources de *La Légende de saint Julien l'Hospitalier*. Le [24 novembre 1850], Flaubert a écrit à sa mère: «Quand je m'analyse, je trouve en moi, encore fraîche et avec toutes leurs influences [...] la place du père Langlois, celle du père Mignot, celle [de] *Don Quichotte*, et mes songeries d'enfant dans le jardin, à côté de la fenêtre de l'amphithéâtre». Sa vénération de Langlois fait que, dans la *Lettre à la Municipalité*, il a vivement protesté contre la façon dont la ville de Rouen l'a négligé: voir la note 96.

22   L'archéologue Auguste Leprevost, membre de l'Académie des Inscriptions, né à Bernay en 1787 et mort au Parquet en 1859, est l'auteur d'un grand nombre d'ouvrages sur l'histoire et la géographie de la Normandie.

23 Nicolas-Xavier Willemin n'était pas Normand, étant né à Nancy en 1763. Il a écrit de nombreux livres sur le Moyen Age, dont le plus important est *Monuments français inédits pour servir à l'histoire des arts depuis le VIe siècle jusqu'au commencement du XVIIe*. Cet ouvrage a paru en 1839, soit six ans après la mort de l'auteur: il a été complété et préparé pour la publication, avec un texte historique et descriptif, par André Ariodant Pottier. Pottier, qui était Parisien d'origine, a été nommé bibliothécaire de la ville de Rouen en 1850. Il a été l'ami de Flaubert et de Bouilhet, qui devait lui succéder en 1867.

24 L'historien Pierre-Adolphe Chéruel, né à Rouen en 1809, a été le professeur de Flaubert d'octobre 1834 à août 1839. Il lui a inculqué le goût des études historiques, et c'est pour lui que Flaubert a composé ses premiers écrits historiques. Ils sont d'ailleurs restés en contact pendant de longues années. Après avoir quitté le Collège Royal de Rouen, Chéruel a été maître de conférences à l'Ecole Normale, puis Inspecteur-Général de l'Instruction publique, et enfin recteur de l'académie de Strasbourg et de celle de Poitiers. On lui doit des ouvrages sur l'histoire de Rouen et sur l'administration monarchique en France, ainsi que la première édition des *Mémoires* de Saint-Simon. Il a vécu jusqu'en 1891.

25 Achille Deville, né à Paris en 1789, a été receveur des contributions directes à Rouen, puis directeur du musée de la ville. Il a écrit des ouvrages sur l'histoire de Château-Gaillard et de Rouen, et une *Histoire de l'art de la verrerie dans l'antiquité* (1874).

26 L'abbé Jean-Benoît-Désiré Cochet, né à Sanvic en 1812 et mort à Rouen en 1875. Il a été vicaire à Dieppe et a publié plus de 160 travaux séparés, notamment sur les sépultures et tombeaux en Normandie.

27 Comme le dit Flaubert, Pierre-Amable Floquet a été greffier à la Cour Royale de Rouen, mais en 1843 il a vendu sa charge et a quitté la ville. Pendant de longues années, son ami le docteur Eugène-Clément Hellis, dont il sera question plus loin (voir la note 47), a entretenu avec lui une importante correspondance pour l'informer des nouvelles de sa ville natale.

28 Flaubert fait probablement allusion à un article élogieux que Reynouard a consacré à ce livre dans *Le Journal des Savants* en août 1834 (note de Claude Digeon).

29 La légende était que Dagobert avait accordé ce privilège au chapitre de Rouen en témoignage de gratitude pour Saint-Romain, qui avait délivré Rouen des ravages d'un dragon monstrueux, la gargouille (note de Claude Digeon).

30 Dans le manuscrit de Flaubert, cette citation commençait par les mots «en grande dévotion et», supprimés dans le texte imprimé.

31 La Fierte (la châsse, Feretrum) de Saint-Romain. Chaque année, le jour de l'Ascension, elle était portée lors d'une procession par un criminel condamné à mort et qui, recevant sa grâce, rentrait dans la société avec la rémission de ses méfaits (note de Claude Digeon).

32 Adrien Duport (1759-1798) a formé avec Barnave et Lameth le triumvirat et s'est signalé par un rapport sur l'organisation de la justice, en 1790.

33 Jean Bodin (1530-1596), magistrat, philosophe et économiste, est l'auteur de nombreux ouvrages dans lesquels il soutient l'idée de la monarchie absolue.

34 Flaubert avait beaucoup de respect pour la méthode de l'historien et homme politique Pierre-Claude Daunou (1761-1840). Dans *Bouvard et Pécuchet*, lorsque les deux bonshommes entreprennent l'étude de l'Histoire, un ami leur envoie les règles de critique prises dans le cours de Daunou, et Flaubert écrit: «Peu d'historiens ont travaillé d'après ces règles, mais tous en vue d'une cause spéciale, d'une religion, d'une nation, d'un parti, d'un système, ou pour gourmander les rois, conseiller le peuple, offrir des exemples moraux». Comparer Floquet à Daunou, c'était donc le rattacher à ce qui était pour Flaubert la bonne et saine tradition de l'historiographie.

35 Bernard de Montfaucon (1655-1741) est l'auteur des *Monuments de la monarchie française*, que Flaubert cite dans un carnet de notes pour *Bouvard et Pécuchet* (*Carnets de travail*, p.819). Les sept volumes de l'*Histoire du Parlement de Normandie* faisaient partie de la bibliothèque du docteur Achille-Cléophas Flaubert, de sorte que le romancier a pu connaître de longue date cet ouvrage («La Bibliothèque générale du père de Gustave Flaubert», André Dubuc, *Les Rouennais et la famille Flaubert*).

36 Ludovic Vitet (1802-1873) a été le premier Inspecteur-Général des Monuments historiques en France. Il a écrit de nombreux ouvrages d'histoire et de littérature.

37 Le prix Gobert a été fondé par le testament du baron Napoléon Gobert (1807-1833) pour récompenser le travail le plus savant et le plus profond sur l'histoire de France et les études qui s'y rattachent.

38 Les *Récits mérovingiens* d'Augustin Thierry ont été publiés de 1835 à 1840. Flaubert les possédait dans sa bibliothèque, ainsi que son *Histoire du Tiers Etat* (*Carnets de travail*, p.953). En 1862 il a vivement recommandé à sa nièce Caroline de ne pas abandonner la lecture de son *Histoire de la conquête normande* (lettre du [24 janvier]). Dans *Bouvard et Pécuchet*, il fait obliquement l'éloge de sa méthode: «Thierry démontre à propos des Barbares, combien il est sot de rechercher si tel prince fut bon ou mauvais. Pourquoi ne pas suivre cette méthode dans l'examen des époques plus récentes?

Mais l'histoire doit venger la morale».

39 Jean de Santeuil (ou Santeul), qui a vécu de 1630 à 1697, a écrit des hymnes et des odes sacrées en latin.

40 La publication des *Etudes sur la vie de Bossuet* s'est achevée en 1864.

41 Ici, comme dans la *Préface*, Flaubert affirme que Bouilhet est né en 1822, ce qui est faux. En fait, Bouilhet est né en 1821, comme le prouvent les registres de l'état-civil. Mais l'erreur vient de Bouilhet lui-même. Quand Flaubert lui a demandé des renseignements biographiques en vue de la préparation de ce *Discours*, Bouilhet lui a répondu nettement: «Je suis né à Cany, en mai, 1822», et L. Letellier a révélé un autre document où Bouilhet dit la même chose (p.1). On ne sait pourquoi Bouilhet s'obstine à donner une fausse date pour sa naissance: négligence? ignorance? coquetterie? Le phénomène est bizarre, mais en tout cas Flaubert n'avait aucune raison de ne pas le croire sur parole.

42 Georges de Brébeuf, né en 1617 à Thorigny, a écrit une épopée et des méditations religieuses.

43 La romancière Madeleine de Scudéry, auteur du *Grand Cyrus*, est née au Havre en 1607.

44 Le nom de Granville pose des problèmes. Comme Flaubert le nomme entre Mlle de Scudéry et Saint-Amant, on est tenté de croire qu'il s'agit de quelque obscur auteur du dix-septième siècle. Mais aucun auteur du nom de Granville (ou même Grandville) n'est mentionné dans le *Dictionnaire de biographie française*, t.XVI (Letouzey et Cie, 1985), ni dans aucune autre encyclopédie que nous avons consultée. Le nom a, bien entendu, une consonance normande à cause du port de Granville à l'ouest du Cotentin. Il a aussi de vagues associations littéraires à cause de l'illustrateur et caricaturiste Gérard Grandville (1803-1847) - mais celui-ci est né à Nancy. On voit deux explications possibles à la présence de ce nom dans le catalogue d'auteurs normands. La première est qu'il s'agit d'un simple lapsus pour Grainville, étant donné qu'il y a deux Grainville littérateurs nés en Normandie, Jean-Baptiste-François-Xavier Cousin de Grainville (Le Havre 1746-Amiens 1805), prédicateur, auteur dramatique et poète, et Jean-Baptiste-Christophe Grainville (Lisieux 1760-Amiens 1805), poète et traducteur. Mais si Flaubert avait pensé à l'un ou à l'autre de ces auteurs de la fin du XVIIIe siècle, il l'aurait sûrement nommé à côté de Bernardin de Saint-Pierre et non pas parmi les auteurs du XVIIe siècle. C'est pourquoi nous penchons pour la seconde possibilité, qui est celle d'une tromperie volontaire, destinée à se moquer sournoisement de l'ignorance des auditeurs, qui ne sauraient pas distinguer entre des auteurs réellement célèbres et un écrivain totalement imaginaire. Voir

l'Introduction, p.XIII.

45 Sur Saint-Amant, voir la note 8.

46 Sur Bernardin de Saint-Pierre, voir la note 12.

47 Le docteur Eugène-Clément Hellis, né en 1794 et mort en 1877, médecin en chef de l'Hôtel-Dieu de Rouen, était Trésorier de l'Académie de Rouen. Il avait fait à l'Académie de nombreuses communications sur les sujets les plus divers, entre autres les bords du Niger, les Vierges de Raphaël et la prison   de Jeanne d'Arc. Il est aussi l'auteur d'opuscules sur des sujets médicaux, notamment des *Souvenirs du choléra en 1832 dans la Seine-Inférieure.* Il a signé, avec le père de Flaubert et le docteur Blanche une brochure non datée qui est une *Réponse des chefs de service des hôpitaux de Rouen à un mémoire publié par MM. leurs adjoints.* Il était bien disposé envers Bouilhet et, à l'occasion de la création de *Madame de Montarcy,* a écrit à son ami Pierre-Amable Floquet: «Un beau succès vient d'être obtenu par Bouilhet à l'Odéon: il est mérité. En lisant son poème de *Melaenis* dont je crois vous avoir parlé j'ai pressenti un vrai poète. Je lui ai écrit avec l'espérance et la liberté que je croyais pouvoir prendre, car il a été un de mes élèves (en médecine). Il y a chez lui sève, vigueur profonde, érudition et sens droit [...] Il a bien voulu me remercier de ma lettre et de mes avis. Cela était d'autant plus méritoire que son entourage un peu débraillé n'approuvait pas mes réflexions» (lettre du 12 novembre 1856, citée par Marie-Claire Bancquart, «Un notable rouennais contemporain de Flaubert et de Maupassant. Eugène-Clément Hellis»). Mais dans la même lettre Hellis se montre bien moins indulgent envers l'auteur de *Madame Bovary:* «Un de ses intimes Flaubert Gustave, fils du confrère, tête échevelée s'il en fût, se lance dans le roman. Il vient d'en publier un que je ne juge pas encore, j'en ai trop peu lu [...]. Il singe Balzac: qu'il l'imite dans sa finesse, son coup de pinceaux et son style, mais qu'il évite ses écueils et qu'il ne glorifie pas le vice et la turpitude». Il est vrai que, si Hellis a soutenu la candidature d'Achille Flaubert à la succession de son père dans le poste de chirurgien en chef de l'Hôtel-Dieu, il n'avait guère vécu en bonne entente avec Achille-Cléophas: «Qui l'eût cru, j'étais le plus sûr appui du fils de celui que j'ai si longtemps eu à combattre» (lettre de Hellis à Floquet, du 11 avril 1846, citée par Jean Bruneau dans son édition de la *Correspondance* de Flaubert, t.I, p.972). De son côté, Flaubert ne semble pas avoir eu beaucoup d'estime pour les talents littéraires de Hellis.   En 1850, croyant (à tort) que Hellis allait prendre la parole à l'Académie de Rouen à l'occasion de l'anniversaire de la naissance de Corneille, il a écrit à Bouilhet: «C'est demain le 6, anniversaire de la naissance du Grand Corneille. Quelle séance à l'Académie de Rouen! Quels discours! et quel

discours du père Hellis! Tenue de ces messieurs: cravates blanches, pompe, saines traditions! Un petit rapport sur l'agriculture!» (2 juin [1850]).

48 Le peintre Jean Jouvenet, né à Rouen en 1644 et mort à Paris en 1717, est surtout connu pour ses tableaux religieux, mais il a aussi exécuté des ensembles décoratifs, des toiles mythologiques et des portraits.

49 En appelant *Melaenis* un «poème de cinq mille vers», Flaubert, qui avait tendance à traiter les chiffres avec une certaine désinvolture (voir Claudine Gothot-Mersch, «Aspects de la temporalité dans les romans de Flaubert»), exagère beaucoup. Il est plus près de la vérité quand, dans la *Préface*, il affirme que *Melaenis* compte plus de deux mille vers. En réalité, dans *Melaenis* il y a 2956 vers.

50 Après ces mots, dans le manuscrit de Flaubert, on lit sous une rature: «en longues périodes».

51 Après ces mots, dans le manuscrit de Flaubert, on lit sous une rature: «en phrases haletantes».

52 En effet, on a souvent prétendu que Bouilhet avait imité Musset, et dans sa *Lettre à la Municipalité*, Flaubert est revenu sur cette accusation, en citant le *Discours* à l'appui de sa réfutation. Il y revient à nouveau dans la *Préface*, insistance qui peut faire penser qu'à ses yeux la critique n'était pas totalement dénuée de fondement.

53 Dans la *Préface*, Flaubert est revenu, longuement et presque dans les mêmes termes, sur l'idée de la faillibilité du jugement des contemporains et de notre ignorance du verdict de la postérité. Dans la *Lettre à la Municipalité*, au contraire, abandonnant toute prudence, il prévoit que Bouilhet sera toujours à une très haute place «dans cent ans et au delà».

54 Après ces mots, dans le manuscrit de Flaubert, on lit sous une rature: «et leur répartir doctoralement les blâmes et les éloges».

55 Le baron Friedrich von Humboldt (1769-1859), explorateur, chimiste, géologue et géographe, a été un des plus grands naturalistes du siècle. Flaubert a écrit, correctement, Humboldt. Mais dans les *Travaux* on a imprimé «Humbolt».

56 Georges Cuvier (1769-1832) a été l'anatomiste le plus célèbre de son temps.

57 Ici, Flaubert a supprimé quelques lignes que voici: «Dans un temps où l'on ne tient compte que des fantaisies grotesques et des peintures triviales, il est bon, Messieurs, qu'une voix s'élève, si humble qu'elle soit, pour applaudir à l'incontestable beauté d'un effort pareil. Qu'il y a loin de ce poème didactique à ceux que l'on faisait naguère sur le jardinage, sur le café ou sur le jeu d'échecs! Mais». L'allusion à un poème sur le jardinage vise le célèbre poème en quatre chants *Les Jardins, ou l'art d'embellir les paysages*, publié en 1782 par l'abbé

Delille, dont Flaubert se moque aussi dans la *Préface*. C'est également l'abbé Delille que vise Flaubert en faisant allusion à un poème sur le café; il s'agit de «La Cafetière», qu'on lit dans le Chant VI des *Trois Règnes* de Delille. Quant aux échecs, il s'agit probablement du poème latin consacré à ce jeu, et publié vers 1545 par l'évêque italien Jérôme Vida.

58   Ici se lisaient ces mots, rayés par Flaubert: «cette manière de comprendre à la fois si ardente et si mélancolique».

59   Goethe a toujours été un des auteurs que Flaubert a le plus aimés et admirés.

60   Le *De Natura rerum* est une oeuvre que Flaubert estimait beaucoup, même s'il trouvait que Lucrèce s'y montrait trop convaincu de la vérité de son système. C'est ainsi qu'il a écrit à Mme Roger Des Genettes en [1861?]: «S'il n'avait eu d'Epicure que l'esprit sans en avoir le système, toutes les parties de son oeuvre eussent été immortelles et *radicales*. N'importe, nos poètes modernes sont de maigres penseurs à côté d'un tel homme», et, à la même correspondante le [17 juin 1874]: «Je vous aime d'aimer Lucrèce. Quel homme, hein?»

61   En réalité, Flaubert n'approuvait pas la façon dont Louis XIV est présenté dans *Madame de Montarcy*, comme il le dit ouvertement dans la *Préface*. Mais ici, dans cet éloge académique, il a préféré taire sa véritable pensée.

62   Au lieu de «le cinquième acte», Flaubert avait commencé par écrire «cet admirable cinquième acte».

63   Ici se lisaient ces mots, rayés par Flaubert: «Un côté nouveau du talent de M. Bouilhet, l'esprit comique et qu'il avait répandu dans sa seconde pièce à profusion se manifeste dans la troisième plus évidemment encore».

64   Ici, Flaubert a barré les mots: «jamais vers de comédie n'eut l'allure plus franche et plus naturelle».

65   Ici, Flaubert a supprimé une incise: «esprits chagrins et malveillants».

66   Les allusions classiques sont nombreuses dans le recueil. Flaubert pense peut-être plus particulièrement à «Sur un Bacchus de Lydie».

67   Un mandarin du Fleuve Jaune figure dans «Tou-Tsong».

68   La courtisane du Nil est Kuchiuk-Hanem, la danseuse que Flaubert a connue à Esneh en 1850. Bouilhet a écrit un poème à son sujet, intitulé «Kuchiuk-Hanem. Souvenir», dédié à Flaubert qui l'a inspiré. Quand Bouilhet lui a envoyé le poème en 1851, Flaubert l'en a remercié: «La pièce de Kuchiuk-Hanem m'a ému, à cause du sujet et que la dernière strophe a flatté ma vanité» (4 mai [1851]). Flaubert a d'ailleurs proposé quelques corrections, que Bouilhet a adoptées.

69 Le bateleur de Rome est sans doute «Le Danseur Bathylle».
70 La marquise de Watteau est apparemment la dame représentée dans «Portrait».
71 La vierge biblique est «La Vierge de Sunam», c'est-à-dire Abizaig qui a réchauffé la vieillesse de David.
72 «Les Rois du monde» est un poème philosophique en trois parties. D'abord, le cèdre se proclame roi du monde, ensuite l'homme émet la même prétention. Enfin, les vers de terre se vantent de leur toute-puissance, et le poème se termine ainsi:
>«Nous rongeons le monde en sa décrépitude
>Comme un cadavre froid qui n'a pas de cercueil!»

On conçoit que le sombre pessimisme de ce poème ait pu plaire spécialement à Flaubert.
73 Il s'agit du poème «A M. Clogenson, conseiller honoraire». Jean Clogenson (1785-1876) a été l'ami de Flaubert et de Bouilhet, et, lorsqu'il est devenu Vice-Président de l'Académie de Rouen en 1858, il a vivement engagé Bouilhet à poser sa candidature pour devenir membre. Clogenson était un avocat qui, après avoir été bibliothécaire et préfet de l'Orne, est devenu conseiller à la Cour de Rouen. Il s'occupait de lettres et était spécialiste de l'oeuvre de Voltaire. Le poème en question a été adressé à Clogenson à l'occasion de sa retraite et célèbre la métamorphose du juge en poète.
74 Flaubert aimait le talent satirique du poète Mathurin Régnier (1573-1613) et avait dans sa bibliothèque un volume de ses oeuvres (*Carnets de travail*, p.951).
75 La croix de la Légion d'Honneur a été accordée à Bouilhet en 1859, à l'occasion de la publication de *Festons et Astragales*. Flaubert lui-même ne l'a eue qu'en 1866. Par mégarde il a écrit «la Légion de Légion», mais on a rétabli la bonne leçon dans les *Travaux* de l'Académie. Claude Digeon note qu'un brouillon au verso de la dernière page du manuscrit contient le passage suivant: «[par] la Croix de la Légion d'Honneur on sut reconnaître le talent exceptionnel de notre compatriote - il a suscité parmi vous, au sein de votre compagnie et dans l'auditoire, de nobles amitiés qui viennent de parler par ma bouche. Je n'en suis que l'interprète. Je m'estimerai [trop] heureux si j'ai pu exprimer [...et] si elles [ne] m'ont pas jugé trop indigne de ma tâche».
76 Sur la couverture et au faux-titre on lit *Lettre de M. Gustave Flaubert à la Municipalité de Rouen au sujet d'un vote concernant Louis Bouilhet*. Mais, sur la première page du texte, on trouve un titre fluvial qui est tout un programme satirique:

LETTRE
DE
M. GUSTAVE FLAUBERT
A LA
MUNICIPALITE DE ROUEN
AU SUJET DE SON REFUS D'ACCORDER UN EMPLACEMENT
DE QUATRE METRES
A UNE FONTAINE SURMONTEE DU BUSTE
DE LOUIS BOUILHET
DONT UNE SOUSCRIPTION PUBLIQUE A FAIT LES FRAIS

77 Né en 1810, le baron Ernest Leroy, préfet du département de la Seine-Inférieure depuis 1849 et sénateur depuis 1857, était très lié avec la famille Flaubert. Le romancier a essayé de le convaincre de faire pression sur le gouvernement au moment du procès de *Madame Bovary*; les deux hommes déjeunaient ensemble de temps en temps; et en janvier 1869 Flaubert a assisté à la signature du contrat de mariage de la fille de Leroy. Il semble avoir deviné que Leroy et sa nièce Caroline étaient tombés éperdument amoureux l'un de l'autre après le désastreux mariage de Caroline avec Ernest Commanville. Cet amour malheureux a été un des grands drames de la vie de Caroline (voir Lucie Chevalley-Sabatier, *Gustave Flaubert et sa nièce Caroline*). Après la chute du Second Empire, Leroy s'est retiré dans la vie privée avant de mourir   en 1872.

78 L'Altesse Impériale est la princesse Mathilde: Flaubert et Bouilhet étaient parmi les familiers de son salon.

79 George Sand a été une grande amie de Flaubert dans la décennie qui a précédé sa mort en 1876. Elle voyait souvent Bouilhet aux dîners Magny et ailleurs, et après sa mort elle a même offert de céder son tour à l'Odéon pour qu'on puisse jouer plus rapidement *Mademoiselle Aïssé*. Le [23 janvier 1872] Flaubert l'a avertie qu'il allait citer son nom dans la *Lettre*: «J'ai oublié de vous prévenir de ceci, chère Maître: c'est que j'ai usé de votre nom. Je vous ai compromise en vous citant parmi les illustres qui ont souscrit pour le monument Bouilhet. J'ai trouvé que ça faisait bien dans la phrase. Un effet de style étant chose sacrée, ne me démentez pas».

80 Sans être spécialement lié avec Dumas fils, à qui il reprochait sa vanité et sa «rage moralisatrice» (à la princesse Mathilde, le 1er juillet [1872]), Flaubert le considérait comme un allié dans la lutte pour le monument Bouilhet, et lui a écrit le [17 janvier 1872]: «Que devient votre lettre qui devait paraître dans un journal du Havre? Pouvez-vous me l'envoyer? J'en aurais besoin! - pour m'en autoriser. La mienne sera, sans doute, publiée dans *Le Nouvelliste* vers le milieu de la semaine prochaine». Il est également question de cette lettre de Dumas fils dans celle que Charles Lapierre a envoyée à Flaubert le 18 janvier 1872 (voir p.XXII). Mais on

ignore pourquoi en fin de compte Flaubert n'en a pas tenu compte.
81 Ivan Tourguenieff s'est lié avec Flaubert en 1863 et leur amitié est
devenue très intime jusqu'à la mort de Flaubert.
82 Henri Harisse (ou Harrisse) est né à Paris, mais sa famille a émigré
aux Etats-Unis où il est devenu avocat. Bibliophile et historien, il
faisait de fréquentes visites à Paris où il a fini par s'installer en
1870. Il est devenu l'ami de Flaubert en 1867.
83 On s'étonne que parmi les écrivains célèbres qui ont souscrit au
monument Bouilhet, Flaubert n'ait pas mentionné Maxime Du
Camp. Pourtant le [25 décembre 1871], il avait écrit à Philippe
Leparfait pour lui demander de transmettre un message au trésorier
de la Commission: «Que Caudron m'envoie parmi les noms des
souscripteurs les noms des personnes illustres, marquantes comme:
Alexandre Dumas, Maxime Du Camp, princesse Mathilde, Reyer,
etc.». Le musicien Ernest Reyer (1823-1909) avait eu le projet de
composer un opéra d'après *Salammbô*, projet qu'il a d'ailleurs mené
à bien en 1890. Peut-être que Flaubert a estimé qu'en 1872 il n'était
pas assez connu pour que son nom fasse de l'effet: c'est dans les
années 1890 seulement qu'il s'est définitivement imposé comme
compositeur. Quant à Du Camp, Flaubert a peut-être appris qu'il
trouvait toute l'idée du monument outrecuidante (voir p.XIX).
84 L'actrice Jeanne-Sylvanire Plessy (ou Arnould-Plessy après son
mariage), née en 1819, avait eu une carrière orageuse à la Comédie
Française, ayant été déchue de ses droits de sociétaire en 1845, mais
où elle est rentrée après un long séjour en Russie. Elle a été l'amie
de Flaubert, de George Sand et de Mme Roger Des Genettes. Elle a
été pressentie pour un des principaux rôles de *Dolorès* de Bouilhet
en 1862 mais n'a pu accepter. Selon la légende de son portrait qui
figure dans les *Oeuvres complètes* de Flaubert au Club de l'Honnête
Homme (t.XIV, en face de p.521), elle aurait été la maîtresse de
Bouilhet. Mais comme les biographes du poète ne font pas état
d'une liaison de ce genre, on ne sait pas sur quoi se fonde cette
supposition. Comme me le suggère Jean Bruneau, les éditeurs du
Club de l'Honnête Homme ont peut-être confondu avec une autre
actrice, Marie Durey, avec qui il est avéré que Bouilhet a eu une
liaison en 1854-1856.
85 Marie Favart, née en 1833, était sociétaire de la Comédie Française
depuis 1854. C'est elle qui en 1862 a créé le rôle de l'héroïne
éponyme de *Dolorès* de Bouilhet. En juin 1872, Flaubert a raconté
à sa nièce Caroline qu'il venait de la rencontrer dans le foyer de la
Comédie Française: «Mlle Favart m'a sauté au cou devant tout le
monde, en me parlant de la mort de ma mère d'une façon très tendre
et très convenable. Elle m'a encore proposé de venir à Rouen
donner une représentation pour le monument de Bouilhet» (lettre du

[23 juin 1872]). Mais cette représentation ne semble pas avoir eu lieu.

86 Il s'agit probablement de Madeleine Brohant (et non Brohan), la cadette des deux soeurs Brohant, toutes deux actrices de la Comédie Française. L'aînée, Augustine, avait pris sa retraite en 1868, tandis que Madeleine a continué à jouer jusqu'en 1885.

87 Jean-Baptiste-François Bressant, né en 1815, avait débuté à la Comédie Française en 1855.

88 Jean-Baptiste Faure, né à Moulins en 1830, était entré à l'Opéra en 1861.

89 La cantatrice suédoise Christine Nillson, née en 1843, avait débuté à l'Opéra en 1868.

90 Quand il a appris que le Conseil Municipal refusait d'accorder un emplacement pour la fontaine, Flaubert a ébauché une lettre très sèche au Maire de Rouen, pour lui annoncer qu'il renvoyait les 500 francs. Mais ayant été informé par le trésorier de la Commission que la somme en question n'avait pas encore été versée, Flaubert a gardé la lettre dans ses tiroirs (BMR).

91 Le négociant Charles-Amédée Verdrel, né à Rouen en 1809, a été maire de Rouen de 1859 jusqu'à sa mort en 1868. En tant que tel, il a été responsable de très importants travaux publics. C'est lui qui a fait nommer Bouilhet à la place de bibliothécaire en 1867 et qui a organisé le banquet auquel Flaubert fait allusion.

92 En effet, les journaux parisiens se sont beaucoup moqués de l'enthousiasme des Rouennais pour les drames de Bouilhet. Voici par exemple ce qu'on a écrit dans *Le Figaro* lors de la première représentation de *Madame de Montarcy*: «La ville de Rouen a envoyé une députation de quarante de ses habitants pour assister à la première représentation de *Madame de Montarcy* [...]. Les quarante Rouennais de M. Louis Bouilhet lui ont donné un banquet. Le soir même de la première représentation, ils se sont rendus à son logis pour lui offrir une couronne d'or avec ces mots incrustés sur émail: *Cornelio redivivo*. Tous les matins, ils l'attendent sous la porte cochère pour le saluer de leurs acclamations. M. Louis Bouilhet ne peut pas faire un pas sans être escorté par ses quarante compatriotes» (cité par Léon Letellier, p.267).

93 Les cheminots, petits gateaux cylindriques, sont une spécialité de Rouen, et quand il préparait *Madame Bovary* Flaubert a écrit à Bouilhet en mai 1857: «Il faut à tout prix que les *cheminots* trouvent leur place dans la *Bovary*. Mon livre serait incomplet sans lesdits turbans alimentaires, puisque j'ai la prétention de *peindre* Rouen».

94 Malheureusement, on ne sait pas où a paru cette caricature.

95 Sur André Pottier, à qui Bouilhet a succédé en 1867, voir la note 23.

96 Sur Hyacinthe Langlois, voir la note 21. Lors d'une exposition des

oeuvres de Langlois, Flaubert a failli exhaler publiquement son indignation au sujet de la façon dont la ville de Rouen avait négligé l'artiste: «Je me propose (entre nous) de faire un petit discours pour le jour de la cérémonie, mais la biographie y tiendra peu de place. Je donnerai Langlois comme l'idéal de l'artiste pauvre en province. Pour dépasser le travail de Richard [auteur de l'article nécrologique publié dans *La Revue de Rouen* en 1837] il faudrait entrer dans une précision pittoresque qui me vaudrait une citation en justice» (à Alfred Baudry [1867-1868]).

97 Effectivement, comme Flaubert l'a rappelé dans le *Discours*, Corneille et Boïeldieu sont nés tous deux à Rouen, l'un en 1606 et l'autre en 1775.

98 Anicet-Charles-Gabriel Lemonnier, né à Rouen en 1743 et mort à Paris en 1824, était peintre; il avait la réputation de dessiner et de composer correctement, mais sans originalité.

99 Joseph-Désiré Court (1797-1865) est né et mort à Rouen; il est surtout connu par ses toiles historiques et ses portraits.

100 Il est certain que Lemonnier et Court sont loin de valoir Géricault, né à Rouen en 1791.

101 Sur Saint-Amant, voir la note 8.

102 Pierre Le Pesant, sieur de Boisguilbert (ou Boisguillebert) (1646-1714), né et mort à Rouen où il était lieutenant général civil, s'est appliqué, dans une série d'ouvrages, à découvrir les causes de la misère en France et les moyens d'y rémédier. Il est considéré comme le précurseur des économistes du XVIIIe siècle en France. Aujourd'hui, Boisguilbert et Flaubert sont également à l'honneur à Rouen, car les portraits des deux hommes, grandeur nature en peinture murale, ornent le premier étage du hall d'entrée de la Bibliothèque Municipale.

103 Le voyageur Robert Cavelier de La Salle, né à Rouen vers 1640, a exploré le Mississippi: il a été tué en Amérique en 1687.

104 Flaubert exagère en appelant Louis Poterat «l'inventeur de la porcelaine en Europe». Membre d'une célèbre famille de faïenciers, il a fondé une fabrique à Rouen en 1673, et peut être considédé comme étant, après Abaquesne, le fondateur de la faïencerie rouennaise.

105 Le théologien et philologue Samuel Bochart est né à Rouen en 1599. Mais, si Caen a devancé Rouen en nommant une rue en son honneur, c'est qu'il est mort dans cette ville en 1667. Flaubert a consulté son ouvrage sur Chanaan quand il se documentait pour *Salammbô* (voir sa lettre à Ernest Feydeau du [28 août? 1858]).

106 Le général Jules de Saint-Pol, né à Reims en 1810, a été tué à Sébastopol en 1855. Sa statue à Nogent-le-Rotrou a été inaugurée en 1857.

107 Le général baron Marie-Pierre-Isidore de Blanmont (1770-1802) est né et mort à Gisors. Le 15 janvier 1872, Charles Lapierre a écrit à Flaubert: «Je ne connais dans la Normandie d'autre statue... fantaisiste que celle du général Blanmont à Gisors» (BMR).

108 Le général Charles-Victor-Emmanuel Leclerc (1772-1802), né à Pontoise, a été l'épouse de Pauline Bonaparte, soeur de l'Empereur.

109 Le général Jean-Marie-Roger Valhubert, né à Avranches en 1764, a été tué à Austerlitz en 1805.

110 Claude-Marius Vaïsse est né à Marseille en 1799 et mort à Lyon en 1864. En tant qu'administrateur du Rhône il a été responsable de grands travaux publics à Lyon.

111 L'homme politique Auguste-Adolphe-Marie Billault, né à Nantes en 1805 et mort en 1863, a été brièvement ministre d'Etat, juste avant sa mort.

112 Charles, duc de Morny (1811-1865), demi-frère de Napoléon III, a été un des ministres les plus influents du Second Empire.

113 L'auteur dramatique Jacques Ancelot (1794-1854) a eu beaucoup de succès de son vivant, mais sa réputation parmi les hommes de lettres n'a jamais été brillante.

114 François Ponsard (1814-1867), un des chefs de «l'école du bon sens», est surtout connu à cause du succès qu'a remporté sa tragédie *Lucrèce* au moment de la chute des *Burgraves* en 1843. Flaubert le considérait comme «un idiot» (à sa nièce Caroline, le [15 février 1866]). Quand à ses obsèques on a étendu sur son cercueil son habit d'académicien et son pantalon, Flaubert a écrit à la princesse Mathilde: «Que dites-vous de Ponsard qui a trouvé moyen, avec son pantalon, d'être ridicule jusque dans la mort!» (lettre du 19 [juillet 1867]).

115 Charles Lioult de Chênedollé, auteur d'odes et de poèmes didactiques, est né à Vire en 1769; il est mort en 1833.

116 Nicolas-Jacques Conté, né à Sées en 1755 et mort en 1805, a effectivement donné son nom aux célèbres crayons, parce qu'il a découvert la plombagine artificielle qui rendait possible leur fabrication. Mais il avait d'autres titres à la gloire; chimiste et mécanicien, il a été à l'origine de la fondation du Conservatoire des Arts et Métiers.

117 En fin de compte, l'accueil fait à *Mademoiselle Aïssé*, lors de sa création en 1872, a été très médiocre, et la pièce n'a tenu l'affiche que pendant un mois à peine, avec de nombreux jours de relâche.

118 Bien entendu, il ne s'agit pas d'Alfred Nion, mais de son frère Emile, comme Flaubert le précise plus loin.

119 On ne sait d'où Flaubert a tiré ce chiffre. En réalité, la troupe de Molière a joué *L'Avare* 47 fois à Paris et 2 fois à la Cour ou ailleurs (Howarth, *Molière: a Playwright and his Audience*, p.312).

120 De nouveau, on ignore d'où Flaubert tient ce renseignement. Lors de ses premières représentations en public, *Athalie* a été jouée quatorze fois à la Comédie Française, chiffre tout à fait respectable pour l'époque. Il est vrai que lorsqu'on l'avait jouée chez la duchesse de Bouillon en 1702, l'accueil a été assez froid.

121 Il est exact que, lors de sa création à Rome en 1816, *Le Barbier de Séville* a été sifflé.

122 Ce nom de Thubeuf a dû réjouir Flaubert: on se rappelle qu'un personnage de *Madame Bovary* s'appelle Tuvache et un autre Leboeuf. De nouveau, c'est Lapierre qui a fourni à Flaubert le détail dont il avait besoin. Dans sa lettre à Flaubert du 13 janvier 1872, il ajoute en postscriptum: «Thubeuf s'appelait Nicolas, Louis, Juste!» (BMR).

123 Ce paragraphe et les deux précédents ont été copiés, presque textuellement, sur une lettre que lui a envoyée Charles Lapierre le dimanche [?] janvier 1872, et où celui-ci ajoute ce qu'il appelle une «autre note», que voici: «Rouen est la terre bénie des ajournements. On a fait de la circonspection une vertu telle que l'entreprise est un crime. Un homme qui sort de la tradition est un homme 'qui n'ira pas loin'. Les anciens Normands étaient audacieux et rusés: leurs descendants sont timorés et finassiers. C'est la petite monnaie de Robert Guiscard. Pour convenir aux fonctions publiques, il faut avoir une certaine somme d'honorabilité, de sagacité et de prudence. Etre médiocre ne nuit pas. Mais avant tout il faut se garder d'entreprendre. / Il y aurait à créer à Rouen un musée de projets ajournés; on y verrait figurer:
le projet de la flèche de la cathédrale
    id.   de l'élargissement de la rue Grand-Pont
    id.   de la construction d'un pont fixe
    id.   de la distribution des eaux
    id.   des magasins entrepôts de la rive droite de la
          Seine
    id.   d'une rue allant du Palais de justice aux quais
    id.   de la vente des docks etc.
La clé du musée est remise par chaque administration qui s'en va à celle qui lui succède. / La tradition a été rompue par la rue Jeanne d'Arc, le square Solferino et ce qu'on appelle les grands travaux de Rouen, mais quelle esclandre? / Une grande ressource pour les ajournements, c'est la commission. / *Sic itur ad astra.* C'est ainsi qu'en dix années le conseil municipal a pu être constellé de déorations. Il n'y a pas un classement de rue, ni un déplacement de bec de gaz qui n'ait reçu sa récompense» (BMR).
        Le procédé de Flaubert est clair. L'idée fantaisiste d'un musée de projets ajournés l'a amusé, et il l'a adopté en bloc avec une partie

des commentaires de Lapierre. Il a adopté aussi la liste des projets en souffrance, tout en laissant de côté deux autres exemples que Lapierre a ajoutés verticalement en marge, où Flaubert ne les a peut-être pas remarqués: «id. de la création d'un conservatoire de musique, id. de la construction d'un nouveau théâtre». Il a quelque peu changé l'ordre des projets en suspens pour terminer sur celui qui était le plus visible et le plus scandaleux, l'inachèvement de la flèche de la cathédrale. Finalement, il a fallu attendre jusqu'en 1876 pour que la flèche soit terminée. Mais il a sorti de cette liste la question de la distribution des eaux, pour en parler séparément à la page suivante et la relier à la proposition de doter la ville d'une fontaine de plus. Il a suivi Lapierre en faisant allusion à la controverse qui a entouré les «grands travaux de Rouen», entrepris dans les années 1860 sous l'égide du maire Verdrel. Le percement de la rue Jeanne d'Arc en 1860-1861 a été une très grosse affaire. Pour construire cette rue, actuellement une des plus commerçantes de Rouen, il a fallu effectuer des milliers d'expropriations et procéder à de nombreuses démolitions, dont plusieurs églises anciennes. Il y avait là déjà matière à querelles, mais pour comble de malheur la municipalité s'est disputée avec les concessionnaires, ce qui a encore envenimé les controverses. Quant au square Solferino, c'est aujourd'hui le joli petit square Verdrel, avec sa pièce d'eau et son bosquet d'arbres, qui est situé entre la rue Jeanne d'Arc et la façade du Musée. Avec un minimum de changements, Flaubert a donc su faire une arme de guerre très efficace et très amusante.

124 C'est encore Lapierre qui a fourni à Flaubert les détails sur l'érection de le statue de Napoléon 1er. Sachant que cette   statue avait coûté fort cher et soupçonnant que celle de Boïeldieu avait également occasionné de grands frais, tandis que celle de Corneille avait été construite de la façon la plus économique, Flaubert espérait démontrer que la Conseil Municipal était prêt à consacrer de vastes sommes à une statue de Napoléon 1er visiblement dans le dessein de plaire à Napoléon III, et à dépenser beaucoup d'argent pour commémorer un musicien qui avait eu beaucoup de succès mais dont le mérite n'était pas éclatant, tandis que le même Conseil s'est montré très avare quand il s'était agi d'honorer l'écrivain le plus illustre à être issu de Rouen. Dans un premier temps, l'enquête de Lapierre n'a pratiquement rien donné, et le 13 janvier celui-ci a mandé à son ami: «Voilà trois fois que je vais à la Préfecture et cinq fois que j'envoie à la Mairie sans pouvoir recueillir les renseignements que vous me demandez sur les statues de Napoléon 1er et de Boïeldieu. / Je sais seulement que la souscription publique pour la statue de Napoléon 1er n'ayant pas abouti, a été parfaite après quelques années par une assez forte allocation du département

votée par le conseil général» (BMR). Deux jours plus tard, il s'était un peu mieux renseigné et a écrit à Flaubert, le 15 janvier: «Voici des notes précises: / Statue de Pierre Corneille: - après une souscription le Conseil vote le déficit

paie... 7037 f.38

Boïeldieu:- la ville a payé pour la statue et le

piédestal... 28444 f.61

Napoléon 1er:- allocation. Socle et trottoirs

... 26175 f. 23

13.500 f. de vieux bronze en plus» (BMR).

Enfin, dans une lettre datée seulement de «dimanche» mais qui doit être du 31 janvier, Lapierre a pu communiquer à Flaubert des détails plus circonstanciés: «C'est en 1852 qu'est éclose l'idée d'élever une statue équestre à Napoléon 1er. / La souscription publique a marché cahin-caha jusqu'en 1864. On a fait tout donner, cantonniers, médailles de Ste. Hélène, administration, votes des communes, etc. / Bref en 1863, la souscription essoufflée s'arrête à 101.000 fr. Le conseil général voté une première fois 10.000 fr., une seconde fois 8.000 fr. plus 5000 d'idemnité au sculpteur parce que la commission en l'inspectant avait culbuté sa maquette. / Enfin la ville a fourni 13.900 fr. en vieux bronze provenant de la monnaie de Rouen, plus une allocation de 10.000 fr., plus les frais d'érection, et le concours aux dépenses d'inauguration, en tout 30.000 fr. env.

Ainsi, souscription   101.0000 fr.

Département   25,000

Ville de Rouen   <u>30.000</u>

156,000

Vous pouvez mettre 160.000 fr. en chiffres ronds, car on s'est évertué à dissimuler le total réel des dépenses» (BMR).

De nouveau, on voit que Flaubert s'est contenté d'utiliser tels quels, les chiffres fournis par Lapierre, tout en soulignant ironiquement les frais supplémentaires occasionnés par la maladresse de la Commission qui a renversé la maquette du sculpteur. En fin de compte, le contraste entre le coût de la statue de Napoléon 1er et celui de la statue de Corneille a dû lui paraître suffisamment parlant, et il n'a pas fait allusion à celle de Boïeldieu. Il est vrai aussi qu'il fausse un peu   la comparaison en ce sens que dans les frais de la statue de Napoléon 1er il compte les 101.000 francs de souscription publique, tandis que pour celle de Corneille il ne tient pas compte de la souscription publique (dont le montant ne lui avait pas été divulgué par Lapierre) et ne fait état que des 7037 fr. 38 versés pour combler le déficit. De nouveau, on constate que Flaubert ne s'embarrasse pas de trop de scrupules lorsqu'il s'agit de défendre Bouilhet et d'attaquer le Conseil Municipal.

125 C'est ce passage qui a permis à Flaubert d'écrire ironiquement à George Sand, après la publication de la *Lettre*: «maintenant, on me craint à Rouen et je passe pour un homme sérieux parce que j'ai cité des chiffres! (sic)» (lettre du [28 janvier 1872]). Mais, comme on l'a vu, les chiffres étaient surtout ceux de Lapierre.

126 Le mot «patriarche» convient à Jules Janin, car en 1872 il avait soixante-huit ans et tenait depuis 1836 le feuilleton dramatique du *Journal des Débats*.

127 Hippolyte-Amable-Désiré Vaucquier, dit Vaucquier du Traversin (1822-1882), était avocat de son métier, mais il avait écrit des ouvrages sur l'histoire de Rouen.

128 L'avocat François Deschamps, qui habitait Croisset, écrivait et faisait représenter chez lui des pièces de théâtre, aimable manie dont Flaubert se moquait parfois dans ses lettres. Pourtant Deschamps lui est venu en aide non seulement à l'occasion du monument mais aussi en 1870 quand il a été question de construire une route qui aurait traversé la propriété des Flaubert à Croisset. Flaubert lui a offert un exemplaire de *Salammbô* (voir sa lettre à Alfred Baudry du [9 décembre 1862]).

129 Edgar Raoul Duval, magistrat et homme politique (1832-1887), a été élu député de la Seine-Inférieure en 1871. Il a été très lié avec Flaubert à partir de 1868; de nombreuses lettres de Flaubert attestent leur intimité. Il a prêté de l'argent à Commanville pour lui éviter la faillite, et en 1880 il est intervenu pour arrêter les poursuites que le tribunal d'Etampes voulait engager contre Maupassant pour avoir publié des vers jugés obscènes. Flaubert l'a appelé «le meilleur bougre de la terre [...] un brave» (à Maupassant, le [16 février 1880]).

130 Claude Frédéric Bastiat (1801-1850), homme politique et économiste, est l'auteur des *Harmonies économiques*, où il combat le socialisme.

131 Le philosophe Johann Gottlieb Fichte (1762-1814) a prononcé en 1807-1808 deux retentissants *Discours à la nation allemande*, qui ont puissamment contribué à l'éveil du nationalisme allemand, mais il est hautement fantaisiste de prétendre qu'il a réorganisé l'armée prussienne, travail qui en réalité a été accompli surtout par Scharnhorst et Gneisenau.

132 Le poète Theodor Körner (1791-1813) a participé au soulèvement national de 1813. Il a été tué au combat, et ses poèmes patriotiques ont été recueillis après sa mort sous le titre *Leyer und Schwert* (*Lyre et Epée*).

133 La première Internationale a été fondée à Londres en 1864 dans le but de transformer la société dans un sens socialiste; elle devait disparaître en 1876 du fait de la querelle entre marxistes et

anarchistes. Flaubert avait exprimé des idées analogues à George Sand le 8 septembre [1871]: «Mais une société, qui toujours besoin d'un bon Dieu, d'un Sauveur, n'est peut-être pas capable de se défendre. Le parti conservateur n'a pas même l'instinct de la brute (car la brute, au moins, sait combattre pour sa tanière et ses vivres). Il sera dévoré par les internationaux, les jésuites de l'avenir. Mais ceux du passé, qui n'avaient non plus ni patience ni justice, n'ont pas réussi, et l'Internationale sombrera, parce qu'elle est dans le faux. Pas d'idées, rien que des convoitises!» En attendant cette disparition qu'il croyait lointaine, Flaubert n'hésite pas à agiter le spectre du socialisme pour faire peur aux bourgeois.

134 En préparant le manuscrit de la *Préface*, Flaubert a effacé, à la dernière minute, quelques lignes qui se plaçaient après ces mots: «Mais le plaisir n'est pas la mesure du Beau; l'esthétique ne relève point de notre convenance; il y a des ouvrages qu'on se borne à estimer, d'autres que l'on juge médiocres et qui pourtant séduisent» (BMR).

135 Flaubert a failli commencer ce deuxième paragraphe différemment, avec quelques lignes qui trahissent une certaine irritation contre ceux qui prenaient son impersonnalité pour de l'indifférence. Voici ces lignes, effacées sur un feuillet originellement destiné au manuscrit définitif: «Pour plaire à celui qui nous juge, il nous faut, de plus, l'idée: c'est-à-dire que si vous laissez paraître une opinion quelconque, vous serez dénigré par les défenseurs de l'opinion adverse. Si vous vous montrez impartial, on vous accusera d'être inhumain» (BMR).

136 Après ces lignes, sur un des brouillons, Flaubert a développé sa pensée, puis a décidé de sacrifier le développement: «puis, le genre admis, comme beaucoup conçoivent un idéal du genre différent du vôtre, les gens qui détestent dans les vers précisément *le* vers vous condamneront pour avoir trop soigné les rimes, les amateurs de raisonnements blâmeront l'abondance des images, les fanatiques de péripéties sauteront par-dessus les analyses, des cuistres gémiront sur la corruption de la langue, et l'absence de composition vous sera reprochée par des fortes têtes qui n'imagineraient pas le scénario d'une pantomime» (BMR).

137 Sur un des brouillons, Flaubert a explicité sa haine des confessions en littérature, comme il l'a si souvent fait dans ses lettres: «car étaler les meilleures reliques de la jeunesse, les chagrins qu'on garde, les enthousiasmes qu'on avait, ses deuils et ses amours, uniquement pour divertir le public, me semble [quelques mots illisibles] et comme une prostitution» (BMR). Cette phrase résume tout le dilemme auquel Flaubert se sentait confronté en composant cette *Préface*: d'un côté le désir d'exprimer une émotion aussi intense que personnelle, et de

l'autre côté, la haine de profaner des souvenirs en les exposant au
public.

138 Jean-François de La Harpe (1739-1803), auteur du *Lycée ou Cours
de littérature ancienne et moderne*, était un critique réactionnaire et
dogmatique, qui tenait beaucoup au concept des règles.

139 Flaubert pense à la méthode critique de son ami Hippolyte Taine
avec son insistance sur «la race, le milieu et le moment», théorie à
laquelle il n'adhérait qu'à moitié. Ecrivant à Mme Roger Des
Genettes en [1860], il a explicité ses réticences à propos de l'*Histoire
de la littérature anglaise* de Taine, toujours par référence à La
Harpe: «Son ouvrage est élevé et solide, bien que j'en blâme le point
de départ. Il y a autre chose dans l'Art que le milieu où il s'exerce
et les antécédents physiologiques de l'ouvrier. Avec ce système-là
on explique la série, le groupe, mais jamais l'individualité, le fait
spécial qui fait qu'on est *celui-là*. Cette méthode amène forcément à
ne faire aucun cas du talent. Le chef-d'oeuvre n'a plus de
signification que comme document historique. Voilà radicalement
l'inverse de la vieille critique de La Harpe. Autrefois on croyait que
la littérature était une chose toute personnelle, et que les oeuvres
tombaient du ciel comme des aérolithes. Maintenant, on nie toute
volonté, tout absolu. La vérité est, je crois, dans l'entre-deux»

140 En 1858, lorsque Jean Clogenson est devenu Vice-Président de
l'Académie de Rouen, il a exhorté Bouilhet à poser sa candidature.
Celui-ci lui a répondu courtoisement mais avec fermeté: «Ne croyez
pas, cher vice-président, que ce soit par modestie ou par orgueil (ce
qui est souvent la même chose!) que je décline l'honneur d'une
Académie quelconque; c'est par peur, voilà tout; à tort ou à raison,
je me suis juré de ne jamais faire partie d'aucun corps. J'avoue
néanmoins que l'occasion de votre vice-présidence me fait regretter
vivement que ma résolution soit inébranlable» (lettre du 7 août
1858, citée par Léon Letellier, «Lettres inédites de Flaubert et de
Bouilhet à Jean Clogenson». Sur Clogenson, voir la note 73). Plus
loin dans la même lettre, Bouilhet fait état de son désir de «rester en
dehors de tout cénacle littéraire, par paresse et amour de   la
liberté». Timidité, susceptibilité, paresse, amour de l'indépendance,
et éloignement pour les cérémonies officielles et mondaines: voilà
sans doute les raisons de son refus de faire partie de l'Académie de
Rouen.

141 Quand les frères Goncourt ont rencontré Bouilhet en 1860, ils ont
noté qu'il avait «le physique d'un bel ouvrier» (*Journal*, t.I, p.695).

142 Déjà en 1862, quand il préparait le discours de Nion, Flaubert avait
voulu évoquer la pittoresque silhouette de Pierre Hourcastremé,
sachant que Bouilhet avait été plus proche de lui que de son propre
père. Mais Bouilhet l'en a dissuadé pour ne pas blesser sa mère,

dont la fervente piété avait été offensée par les opinions du vieillard disciple des philosophes. Bouilhet était même allé jusqu'à prétendre qu'il n'avait jamais rien lu des écrits de son grand-père: «Quant au père Hourcastremé, que veux-tu dire? Je t'ai raconté que *jamais* je n'ai lu *une ligne de lui*, que ma mère n'avait jamais voulu m'en parler. Je sais par toi, par ce volume anglais, qu'il a écrit sur les crétins des Pyrénées, mais qu'est-ce que ça vaut? Il a fait un roman, *Les Aventures de Messire Anselme*. Je ne connais que le titre, que j'ai trouvé dans un vieux journal, et pas même chez moi. C'est peut-être, en fait de littérature, une cochonnerie infecte. Le mieux est de ne pas aborder le père Hourcastremé, et je sais, dans tous les cas, que cela ferait beaucoup de peine à ma mère, et que ce serait renouveler nos querelles. Donc, *rien de ce côté-là*» (Flaubert, *Correspondance*, éd. Jean Bruneau, t.III, p.943; lettre du [12 juillet 1862]). Mais un texte inédit, écrit en 1855 et découvert par Léon Letellier, rend un autre son de cloche: «Comme caractère et aptitudes d'esprit, si j'en excepte les mathématiques, je ressemble beaucoup à mon grand-père, et, physiquement, le front est d'une identité frappante... De plus, depuis le premier jour de ma vie jusqu'en 1831, je ne l'ai guère quitté d'une minute. Toujours sur mon berceau j'ai vu sa tête calme et souriante... Ce que je sais de mon père m'a été dit après son décès, on ne m'a rien raconté de mon grand-père et je le connais davantage. Cette conformité d'intelligence, ces sympathies physiques et morales ont-elles effrayé ma mère peu édifiée, comme résultat matériel, des destinées paternelles et craignant de me voir prendre la même route pour arriver aux mêmes conclusions? Je le crois. Mais une raison plus vive et plus immédiate était l'opinion libérale de mon grand-père en opposition directe avec l'esprit de la famille, c'était sa croyance religieuse qui procédait nécessairement de Voltaire et de Rousseau. Ce qui me le prouve, c'est qu'on ne permit jamais au vieillard d'entreprendre mon éducation. Il y avait entre lui et moi, quant à l'intelligence, un véritable cordon sanitaire. Plus tard, j'ai su qu'il avait beaucoup écrit. J'ai lu même des pages de romans imprimés, que je trouvais en lambeaux, dans quelque coin sombre et que je dévorais en cachette avec la volupté du crime. Pauvre grand-père! Pauvre grand homme!» (Léon Letellier, pp.13-14). En 1862, Flaubert n'était probablement pas dupe des prétextes de son ami, mais, voulant ménager ses susceptibilités familiales, il s'est abstenu de mentionner Hourcastremé. En 1872, Bouilhet et sa mère étant décédés, il n'était pas tenu à la même discrétion, et dans sa brève esquisse de la vie de Bouilhet, il a pu accorder au grand-père la place qu'il méritait.

143 Le catalogue de la Bibliothèque Nationale ne mentionne pas les

Etrennes de Mnémosyne, mais les autres ouvrages de Hourcastremé qui y figurent confirment tout à fait l'impression d'un homme original, disciple des philosophes et curieux de tout. Voici la liste de ses publications: *Les Aventures de Messire Anselme, chevalier des loix* (Londres, 1789-1790, plusieurs fois réimprimé); *Catéchisme du chrétien par le seul raisonnement* (Toulouse, 1789, 168pp.); *Dissertation sur les causes qui ont produit l'espèce de contradiction que l'on remarque entre un premier décret de l'Assemblée nationale sous la date du 8 mai 1790, et un second décret, sous celle du 26 mars 1791, quoique tendant l'un et l'autre au même but d'utilité générale* (Paris, Pougin, 1791, 60pp.); *Essai sur la faculté de penser et de réfléchir, dans lequel l'instinct se trouve caractérisé et mis à sa véritable place* (Paris, 1805, 38pp.); *Essais d'un apprenti philosophe, sur quelques problèmes de physique, d'astronomie, de géométrie, de métaphysique et de morale* (Paris, Librairie économique, 1804, 378pp.); *Solution du problème de la trisection de l'angle, suivie de celles de la quintésection, septisection, etc.* (Rouen, Homet, s.d., 12pp). On conçoit tout l'enrichissement   qu'un tel homme a pu apporter à un jeune garçon intelligent, mais on conçoit aussi les craintes qu'une mère très dévote a   pu nourrir quant à son influence sur la foi religieuse de l'enfant.

144 La petite ville de Montivilliers se trouve sur la Lézarde, à onze kilomètres du Havre.

145 De nos jours, Ingouville est une banlieue du Havre.

146 Sur Armand Carrel, voir la note 14.

147 Flaubert s'est acheté un exemplaire d'*Antony*, le célèbre drame de Dumas père, en 1835, et en 1850 il se souvenait encore de l'enthousiasme avec lequel il l'avait lu: «Ça casse-pétait-il! était-ce bon!» (à Bouilhet, le 2 juin [1850]).

148 Flaubert a parlé de ce suicide dans une lettre à Louise Colet du [2-3 mars 1854]: «J'ai été dimanche dernier au Jardin des Plantes. Ce lieu, qu'on appelle Trianon, était autrefois habité par un drôle appelé Calvaire, qui avait une fille qui baisait beaucoup avec un nommé Barbelet, qui s'est tué par amour d'elle. C'était un de mes camarades de collège. Il s'est tué à dix-sept ans, d'un coup de pistolet, dans une plaine sablonneuse que je traversais par un grand vent. [...] Qu'est-ce qui pense à Barbelet, à ses dettes, à son amour? Qu'est-ce qui rêve à Mlle Calvaire? C'est comme ça que nous étions, nous autres, dans notre jeunesse! Nous avions des *têtes*, comme on dit!»

149 And*** n'a jamais été identifié.

150 Après ces mots, dans plusieurs brouillons, Flaubert a inséré une petite anecdote qu'il n'a pas retenue pour le texte définitif. Voici une de ces rédactions: «Un jour, le bruit circula tout à coup que

Balzac se trouvait à Rouen, amené par un procès. C'était le soir. Nous arrivâmes au Palais de Justice, comme il en sortait pour s'en retourner à Paris, et nous l'accompagnâmes jusqu'au bureau de la diligence, tous marchant à dix pas derrière son dos, sans qu'un seul de nous se permît de l'aborder» (BMR). Il s'agissait d'un procès de presse, auquel Balzac a tenu à assister en tant que Président de la Société des Gens de Lettres: l'incident a donc dû se produire le 22 octobre 1839. Voir à ce sujet Alan Raitt, «Balzac et Flaubert: une rencontre peu connue» et «Le Balzac de Flaubert».

151 Selon Léon Letellier, «Le Déluge» date du 8 novembre 1841.

152 Bouilhet a écrit «Les Jésuites» en janvier 1844, à une époque où il avait perdu la foi de son enfance.

153 «A un poète vendu», daté du 10 novembre 1844, est un poème polémique de plus de cent vers. On ne sait trop qui est ce «poète vendu».

154 *La Réforme*, organe d'opinion démocratique, a été fondée par Ledru-Rollin en 1843.

155 En fait, ce n'est pas en 1845 mais le 15 janvier 1846 qu'est mort le docteur Flaubert. Mais Gustave a peut-être raison d'associer à ce décès l'abandon de la médecine par Bouilhet. Philippe Leparfait a confié à Etienne Frère que Bouilhet «avait pour son professeur une profonde admiration, mêlée d'une certaine crainte révérencielle», et il a ajouté: «Jamais il n'aurait osé quitter la médecine du vivant du père Flaubert» (Etienne Frère, p.193).

156 Sur un brouillon, Flaubert a donné une brève impression fantaisiste, bientôt supprimée, de l'accueil de la presse: «Puis les virtuoses du lundi exécutèrent, en l'honneur du nouveau poète, leur plus brillante cavatine» (BMR).

157 Voici comment le *Larousse: Grand Dictionnaire universel du XIXe siècle* a raconté, du vivant de Bouilhet, sa participation à cette Commission. En 1859, Bouilhet «fut nommé membre de la commission des auteurs dramatiques instituée sous la présidence de M. Fould, ministre d'Etat, à l'effet de réviser les statuts de la Comédie-Française. Seul, M. Louis Bouilhet, sans se préoccuper du tarif des droits d'auteur en usage alors à ce théâtre, demanda que le mode de réception fût modifié. M. Ed. Thierry, le secrétaire, porta la motion au rapport, et la commission... passa outre».

158 Les brouillons révèlent que Flaubert a été tenté d'ajouter une petite touche pittoresque bientôt supprimée: «et chaque soir, maniant comme un mandarin son pinceau trempé dans des encres de couleur, il traçait en lignes verticales des caractères baroques» (BMR).

159 Les brouillons montrent que Flaubert a failli s'étendre plus longuement sur les circonstances du succès de *La Conjuration d'Amboise*. Voici une de ces rédactions abandonnées: «Le public,

fatigué momentanément de turpitudes, applaudit avec transport ce qu'il avait, en d'autres fois, dédaigné. Cela lui parut même si bon qu'il y avait dans son enthousiasme une espèce de reconnaissance. / Les amis de l'auteur l'attendaient à la porte du théâtre pour l'entracte. Leur zèle n'etait le prix d'aucune politesse coûteuse - et cependant ils étaient nombreux comme une foule, et tous ivres de son succès, ce qui prouve que l'argent n'est pas la seule chose de ce monde, et qu'un simple poète, quelquefois, peut être entouré comme un prince» (BMR).

160 Le célèbre exégète et théologien Origène (185-254) a écrit une *Défense de la religion chrétienne*, où il cherche à réfuter le *Discours véritable* du païen Celse.

161 Flaubert pense à la conduite de Léonie et Philippe Leparfait pendant la dernière maladie de Bouilhet. Il a fait leur éloge dans la lettre où il annonçait à Du Camp la mort de leur ami: «Je n'ai pas connu de meilleur coeur que celui du petit Philippe: lui et cette brave Léonie ont soigné Bouilhet *admirablement*. Ils ont fait des choses que je trouve propres. Pour le rassurer, pour lui persuader qu'il n'était pas dangereusement malade, Léonie a refusé de se marier avec lui, et son fils l'encourageait dans cette résistance» (lettre du 23 juillet 1869).

162 Les deux autres personnes sont les soeurs de Bouilhet, Sidonie (1823-1884) et Esther (1830-1901), toutes deux vieilles filles et très pieuses comme leur mère. Dans la lettre à Du Camp citée dans la note précédente, Flaubert a brièvement raconté ce qui s'est passé: «Les soeurs sont venues de Cany lui faire des *scènes religieuses* et ont été tellement ignobles qu'elles ont scandalisé un brave chanoine de la cathédrale. Notre pauvre vieux a été *superbe*. Il les a envoyées faire foutre carrément. [...] Aucun prêtre n'a mis les pieds dans son domicile. La colère qu'il avait contre ses soeurs le soutenait encore samedi, et je suis parti pour Paris avec l'espoir qu'il pouvait vivre encore longtemps». La fureur de Flaubert n'a pas diminué quand les deux soeurs ont continué, après la mort de Bouilhet, à susciter des ennuis pour Philippe Leparfait, à qui il a écrit le [16 août 1869]: «En as-tu fini avec mesdemoiselles Bouilhet? Si elles t'embêtent, envoie-les faire foutre carrément. Ce sont des misérables à ne pas ménager. Quand je pense à l'homme de génie, au coeur d'or qu'elles ont fait souffrir, la colère m'étouffe et je voudrais pouvoir les injurier en face, ce que je ne manquerai pas de faire quand j'écrirai sa biographie, laquelle sera insérée dans le *Moniteur* de Dalloz». Ces tracasseries posthumes ont eu pour sujet la question d'un enterrement religieux, point sur lequel Philippe a cédé facilement, en expliquant que Bouilhet n'entendait nullement faire scandale en étalant indiscrètement ses opinions anticléricales,

puis la propriété de deux petites maisons à Cany, léguées comme tout le reste à Philippe, mais que Sidonie regrettait beaucoup. Là-dessus, Philippe a fini par lui dire: «Prenez les bicoques!» (Étienne Frère, p.271). Bien des années plus tard, Philippe a fait, pour Etienne Frère, un récit plus détaillé des derniers jours de son père adoptif et de l'intervention intempestive de Sidonie et Esther. «Quand Louis Bouilhet revint de Vichy, son état s'était aggravé. Philippe fit prévenir Mlles Bouilhet qui, pour ne pas se rencontrer avec Léonie, descendirent chez un ami, M. Galli. Elles séjournèrent à Rouen durant les huit jours qui s'écoulèrent jusqu'à la mort de leur frère. Celui-ci était loin de croire à l'imminence du danger et, pendant les sept premiers jours, sans lui dévoiler son état, Mlles Bouilhet cherchèrent à provoquer chez lui une réaction religieuse. Désolées et perdant patience en voyant que leurs efforts restaient sans résultat, elles s'étaient rendues à l'Archevêché pour prendre conseil. Après qu'un bon chanoine les eut engagées à rester calmes pour être persuasives, l'abbé Loth, voisin du poète, avait été délégué pour se tenir à leur disposition. Celui-ci se présenta au domicile de Bouilhet où Philippe lui répondit qu'il le ferait prévenir si son père adoptif en manifestait le désir. L'abbé se retira sans avoir vu le malade. Le samedi, l'état du poète avait empiré. Sa soeur Sidonie résolut de frapper un grand coup. Elle dit à Louis que son état était désespéré et qu'il n'avait pas un moment à perdre pour éviter la damnation... A ces mots, Bouilhet se renversa sur son oreiller, livide de stupeur; puis, se reprenant, entra dans une violente colère, pendant que Philippe incontinent éconduisait les deux soeurs» (Etienne Frère, pp.168-169).

163 L'écrivain catholique est Barbey d'Aurevilly qui, dans son feuilleton du *Gaulois*, a écrit: «M. Bouilhet, qui vient de mourir, va occuper l'attention cette semaine, mais je ne crois pas que le bruit lui donne plus de ses huit jours, comme aux domestiques qu'on renvoie. Après cette huitaine, et malgré le drame reçu à l'Odéon, pour lequel on va faire une fameuse réclame de la mort prématurée de l'auteur et qu'on exécutera comme une messe de Requiem à grand orchestre, ce pauvre Bouilhet sera définitivement renvoyé à l'oubli».

164 Les trois comédies en prose sont *Le Coeur à droite* (imprimé dans *L'Audience* en 1859, mais resté inédit en librairie jusqu'en 1993), *Sous peine de mort* (écrit en 1858, mais laissé dans ses tiroirs parce qu'il a découvert que d'autres auteurs avaient exploité le même thème), et *Le Sexe faible* (que Flaubert lui-même a complété et aménagé: la pièce a été publiée   pour le première fois en 1911 seulement).

165 La féerie est *Le Château des coeurs*, qui en réalité a été écrit en collaboration par Flaubert (qui a fait le gros du travail), Bouilhet

(qui s'est chargé des vers) et Charles d'Osmoy. Mais après la mort de Bouilhet, Flaubert l'a présentée comme étant due au seul Bouilhet, en hommage à la mémoire de son ami et dans l'espoir de faire gagner de l'argent   à ses héritiers, les Leparfait. En fin de compte, il s'est résigné à la publier, en janvier 1880, dans *La Vie moderne*, sous les noms des trois collaborateurs.

166 Flaubert a toujours considéré Ronsard comme un très grand poète, et il est vrai que c'est surtout le *Tableau de la poésie française au XVIe siècle* de Sainte-Beuve, en 1828, qui l'a fait sortir du discrédit qui pesait sur lui depuis l'époque classique.

167 Flaubert admirait beaucoup Saint-Amant: voir la note 8.

168 Au dix-huitième siècle, Jacques Delille (1738-1813), auteur de poèmes descriptifs et didactiques, passait pour un grand écrivain: voir aussi la note 57.

169 Il est sans doute inutile de souligner l'importance qu'avait *Don Quichotte* pour Flaubert. Il prétendait l'avoir su par coeur avant d'avoir appris à lire; dans sa jeunesse il a voulu tirer des drames de certains de ses épisodes; et toute sa vie il l'a relu avec ravissement: «J'en suis ébloui, j'en ai la maladie de l'Espagne. Quel livre! quel livre! comme cette poésie-là est gaiement mélancolique!» écrivait-il à Louise Colet [vers la fin de novembre 1847].

170 L'admiration de Flaubert pour *Gil Blas* n'était pas sans mélange. Voici ce qu'il a écrit à Louise Colet le [17 février 1853]: «J'avais depuis quelque temps, sur ma table de nuit, *Gil Blas*; je le quitte. C'est léger en somme (comme psychologie et poésie, j'entends). Après Rabelais d'ailleurs, tout semble maigre. Et puis c'est un coin de la vérité, rien qu'un coin. Mais comme c'est fait! N'importe, j'aime les viandes plus juteuses, les eaux plus profondes, les styles où l'on en a plein la bouche, les pensées où l'on s'égare».

171 Son opinion sur *Manon Lescaut* n'était pas très différente de son opinion de *Gil Blas*: «Ce qu'il y a fort dans *Manon Lescaut*, c'est le souffle *sentimental*, la naïveté de la passion qui rend les deux héros si vrais, si sympathiques, si *honorables*, quoiqu'ils soient des fripons. Quel ton d'excellente compagnie! Mais moi, j'aime mieux les choses plus épicées, plus en relief, et je crois que tous les livres de premier ordre le sont à outrance. Ils sont criants de vérité, archidéveloppés et plus abondants de détails intrinsèques au sujet. *Manon Lescaut* est peut-être le premier des livres secondaires» (à Louise Colet, le [16 septembre 1853]).

172 Dans ses lettres, Flaubert ne mentionne jamais expressément *La Cousine Bette*. Mais il tenait sans doute à rendre hommage à Balzac, qu'il considérait comme un très grand romancier, quoique défiguré par d'immenses défauts (voir Alan Raitt, «Le Balzac de Flaubert»).

173 *La Case de l'oncle Tom*, le célèbre roman de Harriet Beecher Stowe,

a été traduit en français en 1852, l'année même de sa publication, avec un succès si immense qu'en 1852 et 1853 il y a eu au moins neuf traductions différentes. Flaubert l'a lu à l'époque, d'ailleurs en anglais, mais l'a très peu apprécié: «Le mérite littéraire seul ne donne pas de ces succès-là. On va loin comme réussite, lorsqu'à un certain talent de mise en scène et à la facilité de parler la langue de tout le monde,on joint l'art de s'adresser aux passions du jour, aux questions du moment» (à Louise Colet, le [22 novembre 1852]).

174 Il est exact qu'entre 1820 et 1830 le tragédien Casimir Delavigne (1793-1843) pouvait passer pour un grand écrivain, et même, aux yeux de certains, pour le Shakespeare français. Mais par la suite, si sa popularité s'est maintenue quelque temps, sa réputation parmi les lettrés a chuté de façon désastreuse. Flaubert le considérait comme un «mediocre monsieur» (à Louise Colet, le [30 mai 1852]), mais dans sa jeunesse il l'avait violemment détesté. Voici ce qu'il a raconté aux frères Goncourt le 29 janvier 1860: «Nous parle du romantisme. Au collège, couché la tête sur un poignard et arrêtant son tilbury devant la campagne de Casimir Delavigne, monté sur la banquette pour lui crier 'des injures de *bas voyou*'» (*Journal*, t.I, p.696).

175 «Notre grand poète national», par antiphrase, c'est Béranger. Flaubert a essayé diverses formules, toutes également sarcastiques, avant d'opter pour celle-ci. Sur différents brouillons, on lit: «Personne, aujourd'hui, ne parle plus de Béranger», «il me semble que Béranger (ce plus grand poète de notre époque, selon Proudhon) commence à déchoir», «il me semble que Béranger, le plus grand poète selon Proudhon, commence à découvrir l'oubli» (BMR).

176 A en juger par le nombre de brouillons de ce passage, Flaubert a éprouvé de la difficulté à donner à sa pensée une expression adéquate. Voici par exemple ce qui semble être une des premières rédactions, où, en plus des autres comparaisons qu'il honnit, Flaubert note qu'il a entendu «mettre Soulié et Balzac sur la même ligne». Puis il continue: «Personne ne s'y connaît. Les grands hommes eux-mêmes se trompent sur leur renom. Goethe estimait par-dessus tout sa théorie des couleurs, et Voltaire croyait la *Henriade* plus forte que *Candide*. Il faut être prudent. Le jugement de demain ne sera pas celui d'aujourd'hui. La postérité qui nous casse [?] nous déjuge, nous méprisera peut-être. / Voilà l'observation que je soumets à ceux qui trouveront que je mets Louis Bouilhet à une place trop haute - ils ne savent pas plus que moi s'il la mérite, ni quelle est celle qui définitivement lui restera - et puisque c'est la première fois de ma vie que je me permets d'exprimer une opinion personnelle, je vais la dire tout entière, me souciant peu qu'on l'approuve ou qu'on la blâme» (BMR).

177 Flaubert n'avait pas très bonne opinion de Musset en tant que poète. «Personne n'a fait de plus beaux fragments, mais rien que des fragments, pas une oeuvre! Son inspiration est toujours trop personnelle, elle sent le terroir, le Parisien, le gentilhomme; il a à la fois le sous-pied tendu et la poitrine débraillée. Charmant poète, d'accord; mais grand, non» (à Louise Colet, le [25 novembre 1852]).

178 En effet, on a souvent accusé Bouilhet d'avoir imité Musset. Flaubert le constate aussi dans le *Discours* et dans la *Lettre à la Municipalité*. Sainte-Beuve est même allé jusqu'à soutenir que dans *Melaenis*, Bouilhet ne faisait autre chose que de «ramasser les bouts de cigare d'Alfred de Musset» (cité par Etienne Frère, p.18).

179 Sur certains brouillons, la défense de Bouilhet contre l'accusation d'avoir copié Musset prend une forme sensiblement différente. Voici par exemple une autre version de la fin du paragraphe après la citation de *Rolla*: «On a déclaré sans plus s'inquiéter du reste, sans voir et méconnaissant toutes les différences, sans pénétrer dans la conception, dans la facture, on a déclaré que Bouilhet copiait manifestement Musset. Th. Gautier protestait que jamais poètes ne se ressemblaient moins. La manière de Bouilhet est robuste et imagée, pittoresque, amoureuse de couleur locale; elle abonde en vers pleins, drus, spacieux, soufflés d'un seul jet. Dieu me préserve de la sottise des comparaisons et je ne veux pas rabaisser les demi-dieux. Mais qu'on me montre dans Musset une oeuvre de deux mille vers qui se suit, une histoire amusante comme un [roman?], une oeuvre de cette envergure, ce sérieux et cette érudition. Le soin tout particulier de la forme, la relation des parties à l'ensemble caractérise Bouilhet. Tandis que l'un est tout personnel et toujours préoccupé du sentiment et de l'effet, l'autre est objectif, qui procède par bonds lyriques, par morceaux» (BMR). Dans le début de ce passage que Flaubert a fini par supprimer, il ne faisait que citer «Les Progrès de la poésie française depuis 1830», rapport que Gautier avait publié en 1868, avant de le joindre à son *Histoire du romantisme*. Voici une partie du texte de Gautier: «*Melaenis* est écrite dans cette stance de six vers à triple rime qu'a employée souvent l'auteur de *Namouna*, et nous le regrettons, car cette ressemblance purement métrique a fait supposer chez Bouilhet l'imitation volontaire ou involontaire d'Alfred de Musset, et jamais poètes ne se ressemblèrent moins. La manière de Bouilhet est robuste et imagée, pittoresque, amoureuse de couleur locale; elle abonde en vers pleins, drus, spacieux, soufflés d'un seul jet» (*Histoire du romantisme*, p.339). Peut-être est-ce pour éviter un trop long emprunt à Gautier que Flaubert a fini par réduire ce développement à la seule phrase, d'ailleurs exactement citée: «jamais poètes ne se ressemblèrent moins».

Un autre brouillon montre que Flaubert a eu, un moment, l'intention de développer par des exemples précis l'idée de la supériorité de Bouilhet sur Musset: «*Caractère propre de son talent.* Force et éclat, génie naturaliste et pittoresque. Pas bourgeois. Il n'aurait pas fait *Durand et Dupont*, il n'a pas chanté les grisettes. 'La Colombe' dépasse 'La Croyance en Dieu', et 'La Fleur rouge' vaut comme passion 'X'» (BMR).

180 Il s'agit de Maxime Du Camp, blessé à la jambe dans les Journées de Juin. La date de 1845, qu'on lit dans l'édition Lemerre, est une faute d'impression. Du Camp lui-même a évoqué ce poème: «Il aimait les parodies et avait fait une imitation de l'*Ode sur la prise de Namur* si ennuyeuse, qu'il nous fut impossible d'en supporter la lecture» (*Souvenirs littéraires*, t.I, p.256).

181 Cet ami n'est autre que Flaubert lui-même. Au cours de son voyage en Tunisie, Flaubert a écrit à Bouilhet le [8 mai 1858]: «Je n'ai vu jusqu'à présent aucune bête féroce (je ne compte pas les chacals), mais j'ai tué à coups de fouet un serpent assez raisonnable qui courait en plein soleil, sur la poussière». Bouilhet a dû lui envoyer presque aussitôt son poème, et le [3 juin 1858], Flaubert l'en a remercié: «Merci de l'épopée, elle m'a réjoui démesurément. Comme c'est beau, nom de Dieu».

182 Louise Colet a eu l'idée de présenter Bouilhet à Béranger, et dans une *Nouvelle* écrite en style héroï-comique, Bouilhet a envoyé à Flaubert le récit de sa rencontre avec «l'illustre vieillard», «l'Horace moderne», auquel il a ajouté en postscriptum: «Bèranger est une vieille croûte» (Léon Letellier, pp.181-184).

Maxime Du Camp se souvient aussi de la férocité avec laquelle Bouilhet se moquait de Béranger en le parodiant: «Lorsqu'il parlait de Béranger, il avait une façon de lever en même temps les épaules, les yeux et les bras, qui était une merveille de pantomime et qui dépeignait, à ne s'y pouvoir méprendre, le découragement et le mépris. Sa haine contre 'le chantre de Lisette' était d'autant plus puissante qu'elle était sincère. Il ne lui pardonnait ni sa basse philosophie, ni ses railleries contre les prêtres, ni son Dieu bon vivant et bon enfant, ni son chauvinisme, ni les qualités inférieures qui l'ont rendu cher à la foule, ni l'insuffisance de sa forme. 'Il a mis les articles du *Constitutionnel* en bouts rimés, disait-il, il n'y a pas de quoi être fier.' Un jour qu'il venait d'analyser, - de disséquer, - je ne sais plus quelle chanson voltairienne et libérale, il s'écria: 'Il n'est pas difficile d'en faire autant'. Alfred Le Poittevin lui dit: 'Je t'en défie'. Bouilhet disparut et revint une demi-heure après avec une chanson intitulée: *Le Bonnet de coton*, qui est un bon pastiche et dont voici le premier couplet:

Il est un choix de bonnets sur la terre,

Bonnets carrés sont au temple des lois,
Le bonnet grec va bien au front d'un père
Et la couronne est le bonnet des rois;
Bonnet pointu sied au fou comme au prêtre,
Mais le bonnet qu'aurait choisi Caton,
C'est à coup sûr, n'en doutez pas, mon maître,
Le bonnet de coton (bis).
               (*Souvenirs littéraires*,t.I, pp.235-236)

Malgré ces sarcasmes, Bouilhet a tenu à se concilier les bonnes grâces du vieux chansonnier, à qui il a envoyé un exemplaire de *Melaenis*, comme en témoigne une lettre inédite, d'ailleurs bienveillante et perspicace, que Béranger a envoyée à Louise Colet en octobre 1852 (document généreusement communiqué par M. Pierre-Georges Castex, membre le l'Institut):

«Chère Muse,
Depuis mon retour à Paris, je veux vous aller voir et n'en peux trouver le temps. Je voulais surtout vous prier de vous charger de mes remerciemens pour M. Bouilhet, qui a eu la bonté de m'envoyer un exemplaire de *Melaenis*. Comme je pense que je vous en ai un peu l'obligation, il est juste que ce soit par vous que j'en remercie l'auteur. Le remerciement ne lui   en sera que plus agréable. Ne lui avez-vous pas dit déjà combien j'ai trouvé de mérite dans son oeuvre? Le seconde lecture que je viens d'en faire me confirme dans le jugement que j'en ai porté. Je n'y trouve à reprendre qu'un peu trop, je ne dirai pas de couleur locale, mais de science locale, si le mot se peut dire. Il est bon que les poètes soient savants, mais il ne faut pas qu'ils le montrent trop. Tout en admirant son morceau, je me demande, avec une sorte d'inquiétude, ce que le poète va faire de son talent, qui semble applicable à plusieurs genres. C'est là, je le sais, une grande question, aujourd'hui que tous les genres ont été traités avec plus ou moins de supériorité. Que j'ai vu de jeunes hommes se laisser entraîner sur les seules routes auxquelles la nature ne les avait pas destinés: cela par imitation ou par ambition. Préservez bien M. Bouilhet, vous et tous ceux qui doivent lui porter intérêt, d'une pareille faute où la belle poésie aurait tout à perdre. Il faut pourtant que j'ajoute que les conseils n'y peuvent presque rien. De nombreux essais *non publiés*, de longues réflexions et surtout ne se livrer aux bêtes, c'est-à-dire au public, que le plutard possible, voilà ce que je crois de mieux à faire pour un auteur qui a de l'avenir comme votre ami. Vous sentez bien, chère Muse, que ce que je viens d'avoir barbouillé là n'est pas pour lui être communiqué: ce que vous aurez la bonté de lui dire, c'est combien je suis touché du présent qu'il a bien voulu me faire et que je le prie de m'en croire très reconnaissant. Nous autres vieux, rien ne nous

flatte plus qu'une attention des jeunes gens. Vous, chère Muse, qui êtes si loin de la vieillesse, grâce au ciel! je suis sûr que les attentions des jeunes gens -, vous font plaisir aussi. Qu'en dites-vous? A propos! J'ai lu hier avec surprise que Mme Sand a 49 ans. Que c'est près de 50!
Adieu, chère Muse, j'irai vous présenter mes hommages dans peu de jours.
>A vous de coeur.
>Béranger
>9 oct 52

J'ai appris hier que vous faisiez le portrait d'Henriette. Oh! mères, que vous avez de secrets pour gâter vos filles!»
Henriette Colet, qui à l'époque avait douze ans, passait pour être la fille de Victor Cousin.

183 Le Caveau est le nom du club littéraire et social, fondé en 1729, où Béranger chantait ses chansons.

184 Dans l'édition originale, la note était ainsi conçue: «Voir à la fin du volume». Sans doute est-ce cette disposition qui fait que les éditeurs modernes ne se sont pas rendu compte que la note fait partie de la *Préface* et ont négligé de la reproduire.

185 «Néera» (*Festons et Astragales*) est une petite idylle classique.

186 «Lied normand» (*Dernières Chansons*), qui date de 1856, est, selon le sous-titre, «reconstruit avec les débris d'une vieille chanson normande».

187 Chose curieuse, aucun poème des deux recueils ne porte le titre «Pastel»: il en est de même de la liste des poèmes inédits donnée par Letellier (pp.i-vi). Ce titre pourrait s'appliquer à l'un ou à l'autre des nombreux poèmes descriptifs, et il faut croire qu'il s'agit d'un faux souvenir de la part de Flaubert.

188 «Clair de lune» (*Festons et Astragales*) est une petite suite de quatre poèmes évoquant des scènes de clair de lune, dont deux idylliques et deux sinistres.

189 «Chronique du printemps» (*Festons et Astragales*) est une petite fantaisie sur le contraste entre Paris et la campagne.

190 «Sombre Eglogue» (*Dernières Chansons*) est un dialogue antique.

191 «Le Navire» (*Dernières Chansons*), qui date de mai 1846, est une évocation classique.

192 «Une Soirée» (*Dernières Chansons*) est un tableau ironique qui montre une jeune fille naïve dans une soirée bourgeoise.

193 Il s'agit de «La Plainte d'une momie», long poème de *Festons et Astragales*.

194 Les triomphes du néant sont un thème trop fréquent chez Bouilhet pour qu'on puisse dire si Flaubert pense à tel poème en particulier.

195 Flaubert pense sans doute à «Démolitions», poème de *Festons et*

Astragales, où Bouilhet se lamente sur la destruction des vieilles maisons.

196 Il est peu probable que cette allusion à l'exhumation des mondes concerne *Les Fossiles*, dont Flaubert va parler plus loin. Il pense sans doute aux nombreuses évocations de Rome ou de la Grèce antique.

197 A moins qu'il ne s'agisse de la Chine, évoquée dans plusieurs poèmes des deux recueils, on voit mal à quelles peintures de peuples barbares Flaubert peut faire allusion.

198 Dans les deux recueils, le seul poème consacré à un sujet biblique est «La Vierge de Sunam», et ce n'est justement pas un paysage.

199 Dans *Festons et Astragales*, «A une petite fille élevée au bord de la mer» est une sorte de chant de nourrice.

200 *Les Fossiles*, qui est dédié à Flaubert, est un long poème philosophique que Bouilhet a joint à *Festons et Astragales*, après l'avoir publié séparément en 1854 dans *La Revue de Paris* de Maxime Du Camp.

201 Flaubert cite le rapport de Gautier sur «Les Progrès de la poésie française depuis 1830» que, dans les brouillons, il s'était proposé de citer plus longuement au sujet de *Melaenis* (voir la note 180). Voici les commentaires de Gautier sur *Les Fossiles*: «Bouilhet a tracé dans cette oeuvre, la plus difficile, peut-être, qu'ait tenté un poète, des tableaux d'une bizarrerie grandiose, où l'imagination s'étaye des données de la science, en évitant la sécheresse didactique» (*Histoire du romantisme*, p.339).

202 En effet, dans les dernières strophes des *Fossiles*, on trouve une apostrophe extatique à l'homme nouveau de l'avenir:
«Salut! être nouveau! génie! intelligence!
Forme supérieure, où le dieu peut tenir!
Anneau mystérieux de cette chaîne immense
Qui va du monde antique aux siècles à venir!»
On peut s'étonner de trouver des accents si optimistes dans les vers habituellement sombres de Bouilhet; on peut s'étonner encore plus que Flaubert ait semblé les approuver.

203 «La Colombe» (*Dernières Chansons*) est un poème assez court où Bouilhet met en scène Julien l'Apostat regrettant la mort du paganisme et prèvoyant la disparition future du christianisme. Par le thème et par le décor, on dirait un poème de Leconte de Lisle,et il est surprenant que Flaubert semble lui attribuer tant d'importance.

204 «Dernière Nuit» (*Dernières Chansons*) évoque la mélancolie de la solitude.

205 «A une femme» (*Festons et Astragales*) est adressé à une femme qui a trahi le poète.

206 «Quand vous m'avez quitté, boudeuse» (*Festons et Astragales*) est

l'expression, dans une tonalité assez légère, du dévouement que le
poète ressent pour une femme qui l'a quitté.

207 «La Fleur rouge» (*Dernières Chansons*), qui date de 1846, est un
poème d'amour, évocateur de la tristesse et du désespoir. De
nouveau, on est surpris de la véhémence de l'éloge.

208 Il est curieux de constater que Flaubert cite inexactement ce vers des
Fossiles, où Bouilhet avait écrit, de façon plus banale: «Commence
en crocodile et finit en oiseau». Visiblement, Flaubert citait de
mémoire sans vérifier le texte. Ou bien il a conservé le souvenir
d'une version antérieure, ou bien il en a involontairement amélioré
l'expression. P.M. Wetherill critique vivement Flaubert pour son
utilisation de ce vers: «Naturellement, on y trouve [dans la *Préface*]
les tendances néfastes qui caractérisent la *Correspondance* [...] Il y a
[...] la malheureuse citation que Flaubert donne pour illustrer
l'originalité de Bouilhet, citation qui rappelle de trop près un
célèbre vers d'Horace» (*Flaubert et la création littéraire*, p.166).
Wetherill pense apparemment au troisième vers de l'*Art poétique*:
       «Ut turpiter atrum
       Desinat in piscem mulier formosa superne».
Mais la sévérité du critique porte à faux, car Flaubert ne donne
nullement ce vers comme preuve de l'originalité de Bouilhet, mais
comme exemple de «bons vers [...] tout d'une venue». Que le vers
en question soit imité d'Horace n'affecte en rien la question de sa
structure.

209 Ce vers se trouve dans le Chant quatrième de *Melaenis* (édition
Lemerre, p.235).

210 Il en est de même de ce vers (p.235).

211 Celui-ci aussi (p.234). Etant donné que ces trois vers du même
poème sont tellement proches l'un de l'autre et qu'ils ne semblent
pas spécialement remarquables, on peut croire que Flaubert dit vrai
quand il écrit: «Je choisis au hasard» et qu'il a ouvert le volume
n'importe où pour trouver quelques vers qui lui plaisaient.

212 Ce vers ne semble pas se trouver dans les deux recueils publiés.
Peut-être provient-il de l'un ou l'autre des drames en vers, ou bien
d'un poème inédit.

213 Ce vers est tiré de «La Colombe» (*Dernières Chansons*, p.311).

214 Flaubert a plusieurs fois récrit ce passage sur la question du succès
au théâtre, question qui l'a visiblement troublé, bien que ce soit en
1874 seulement qu'une de ses propres pièces - *Le Candidat* - ait
affronté les feux de la rampe, d'ailleurs avec des résultats
désastreux. Voici une des rédactions où Flaubert propose un tableau
satirique - et fort savoureux, de ce qui se passe après une première
représentation: «Tout s'y trouve subordonné à une seule question qui
domine tellement, celle du Succès, et du Succès immédiat, quand

même! Aussi rien de plus curieux à voir que le cabinet d'un
directeur après une première reprèsentation qui s'est passée sans
enthousiasme ni orage. Bien vite on recollabore tous ensemble pour
effacer tout ce qui pourrait avoir déplu. On s'inquiète d'un
murmure aux troisièmes galeries, d'un chut au parterre, on fait la
chasse aux mots à double entente, aux syllabes obscènes, on coupe,
on remanie; on va jusqu'à changer le dénouement, *cette* partie
capitale où toutes les autres convergent. Aussi voilà une oeuvre qui
est bien la vôtre, que vous devez avoir considérée sous tous ses
aspects, méditée longuement, travaillée avec amour, qui sort   du
profond de votre tête et de votre coeur, et que vous bouleverserez
tout de suite afin d'être un peu plus applaudi. Mais l'humilité, cette
vertu chrétienne, n'est dans les manifestations de l'esprit qu'une
bassesse impudente. Si vous ne vous croyez pas supérieur à la foule,
qu'avez-vous à lui dire, pourquoi lui parlez-vous? Si c'est dans le
seul but de gagner de l'argent, allez, passez-en par toutes les
concessions qu'elle vous demande ou que ceux qui prétendent la
connaître réclament en son nom - flattez-la, courbez-vous. Exaltez
la jeunesse à l'Odéon, le peuple sur le boulevard, le notariat aux
Français. Mais devenez millionnaire, bien vite, ou sinon, vous n'êtes
plus qu'un spéculateur fourvoyé» (BMR).

215 Flaubert a écrit plusieurs versions de ce résumé de l'évolution du
théâtre français depuis 1830. Ces diverses rédactions montrent que,
pour lui, le type même des drames de la passion vers 1830 était
Antony de Dumas père, alors que l'auteur dramatique qui
représentait le mieux la mode des pièces à action mouvementée était
Adolphe Dennery (1811-1899), reponsable, le plus souvent en
collaboration, de nombreux mélodrames, avant, pendant et après le
Second Empire. Certains brouillons développent une vision
satirique des mélodrames de l'époque: «un tissu de péripéties
tellement rapides qu'il ne reste plus de place pour les
développements, les personnages (entrées et sorties, portes qui
s'ouvrent et se ferment) s'agitant comme des marionnettes» (BMR).
D'autres proposent une vue caricaturale du théâtre social: «C'est
ainsi que nous avons eu des pièces pour ou contre le mariage,
d'autres à la plus grande gloire des manufactures, l'école
polytechnique, les chemins vicinaux, ou pour l'assainissement des
filles de joie ou la réhabilitation des épiciers. Il eût été plus facile
d'établir une chaire à prêcher en plein théâtre» (BMR).

216 Flaubert a failli ajouter ici une note pour passer condamnation aussi
sur les pièces à grand spectacle. Voici une des versions de ce texte
auquel il a finalement renoncé: «J'omets ces 'grandes machines' où,
le titre inventé et les droits des collaborateurs bien établis, quand on
a sous la main des choses, des femmes et des trucs anglais, la pièce

est faite, puisqu'on trouvera pendant les répétitions le dialogue et l'intrigue, turpitudes qui vous donnent soif d'une tragédie quelconque, hurlée dans une étable, entre quatre chandelles» (BMR).

217 Flaubert partageait pleinement ce dégoût du réalisme, écrivant à George Sand: «j'exècre ce qu'on est convenu d'appeler le *réalisme*, bien qu'on m'en fasse un des pontifes» (le [6 février 1874]).

218 Dans une des rédactions du passage satirique cité dans la note 214, Flaubert avait écrit: «Etablir qu'il ne faut presque jamais faire les corrections qu'on vous demande» (BMR). Ici, il développe cette idée pour rejeter sur les directeurs de théâtre la faute de l'échec de certains drames de Bouilhet: «Comme il souffrait cependant de ne pouvoir faire vrai, de ne pouvoir faire accepter la complexité de l'âme humaine. Dans *Dolorès*, le mari grotesque devenant tragique à la fin [quelques mots illisibles], ça n'a pu passer aux Français, et cependant Brisson au Ve acte de la *Conjuration* a réussi, c'est la même chose. Il est vrai que *La Conjuration d'Amboise* n'avait subi aucun remaniement [et] est celle qui a le mieux réussi. *Faustine* a eu peu de représentations, après en avoir subi beaucoup, - deux tableaux enlevés, ce qui n'empêche le mérite de cette pièce, bonne conduite des scènes, ampleur familière, originalité saisissante (entrée de Marc-Aurèle, mort de l'impératrice). *Faustine* pour le scénario, et *L'Oncle Million* pour la forme, resteront ce qu'il a fait de mieux au théâtre. *Aïssé* à part, une idylle» (BMR).

219 Un brouillon développe cette idée et débouche sur une anecdote qui, malheureusement, n'est qu'esquissée. «Que de fois après avoir entendu des applaudissements pour une tirade, il [la] méprisait. Le soir de la *Conjuration*, récitation d'Horace au balcon du restaurant» (BMR). Sans doute faut-il comprendre qu'ayant estimé que telle tirade de *La Conjuration d'Amboise* s'était attiré plus d'applaudissements qu'elle ne méritait, au souper qui a suivi, Bouilhet a récité des extraits d'*Horace* pour montrer où était la véritable grandeur.

220 Ici, Flaubert a supprimé un trait particulièrement cruel: «-Et Raymond Lulle quittant sa maîtresse parce qu'elle avait un cancer me semble un piètre mâle et un coeur débile», lisait-on sur un des brouillons (BMR).

221 Flaubert pense surtout au fait qu'en 1860 Bouilhet a été invité à composer une ode patriotique pour le Théâtre-Français afin de fêter l'annexion de la Savoie. Ayant demandé conseil à Flaubert, il a reçu cette réponse catégorique: «Jamais! jamais! jamais! C'est une *enfonçade* qu'on te prépare. - Et sérieuse. Au nom du Ciel! ou plutôt en notre nom, mon pauvre vieux, je t'en supplie, ne fais pas cela! C'est impossible de toute manière [...] Ce serait selon moi une canaillerie politique et une cochonnerie littéraire. Je défie qui que

ce soit de faire là-dessus rien de passable [...] Encore une fois et mille fois, non!» (le 16 mars 1860). Au reçu de cette missive rageuse, Bouilhet a décliné l'invitation que, sans cela, il aurait peut-être été tenté d'accepter.

222 C'est une citation inexacte du célèbre vers d'«Après une lecture», de Musset: «Vive le mélodrame où Margot a pleuré».

223 Sur cette question du culte de la facilité, Flaubert a eu l'intention d'insérer une violente attaque contre Lamartine, mais il semble l'avoir abandonnée avant d'être allé au-delà d'une esquisse sous forme de notes (mais qui existe en plusieurs versions différentes). Voici d'abord un canevas télégraphique: «Lamartine est la-dessus un grand coupable. -'Le bon public. 30 mois'. Ailleurs il s'est vanté de s'être plus occupé d'économie politique - ce qui a flatté le bourgeois: même préface. / 'qui contient plus de poésie... et Béranger' Napoléon le plus grand poète des temps modernes: ainsi, c'est convenu, ce sont eux qui ne sont pas poètes qui le sont. / Je me rappelle une comédie où un bourgeois blaguait un poète et disait qu'il allait faire une comédie. 'J'en ferai une, et en vers - c'est plus facile'. / Applaudissements. / Le mot de Goethe 'J'aurais peut-être...' est plus modeste. Cela vient de / 'La muse fait des vers, le coeur seul est poète'. / Comme tout le monde se croit beaucoup de coeur, tout le monde est poète. / Il faudrait s'entendre sur la signification des mots» (BMR). D'autres brouillons aident à éclairer ce texte passablement obscur. En voici un qui explicite la citation (ou ce qui prétend être une citation) de Lamartine: «Lamartine: 'le bon public croit que j'ai passé trente années de ma vie à aligner des rimes et à contempler les étoiles, je n'y ai pas employé trente mois'. Il s'est d'ailleurs vanté de s'être bien plus occupé d'économie politique que de poésie, ce qui a extrêmement flatté tous les gens qui ne font pas de vers» (BMR). Ailleurs il ajoute après cette diatribe contre Lamartine: «La première probité est celle du métier. Vous faites acte de coquin en croyant faire un trait d'esprit» (BMR). Quant à la citation de Goethe, c'est un mot que Flaubert répète plusieurs fois dans ses lettres, par exemple à Louise Colet le [1er juin 1853]: «J'eusse peut-être été un grand poète, si la langue ne se fût montrée indomptable!»

224 Dans l'édition Lemerre, une faute d'impression spécialement malencontreuse fait que, par l'omission du mot «peu», on lit cette absurdité: «Il respectait fort M. de Maistre». En réalité, Flaubert associait les deux penseurs dans le même mépris: en [1859-1860], il a écrit à Mme Roger Des Genettes, à propos de Proudhon et de Maistre: «C'est la même race quinteuse et anti-artiste».

225 Un fragment de brouillon nous livre la fin d'un développement qui devait se placer ici mais auquel Flaubert a fini par renoncer: «il a

bien fait de partir! Les générations nouvelles s'inquiéteront si peu de ce qui le tourmentait! Que grâce à la diffusion des lumières il se forme plus d'appréciateurs du Beau, je le souhaite - cependant le nombre en sera toujours restreint, car il faut pour le sentir non seulement de la vocation et des études, mais une liberté d'esprit incompatible avec les préoccupations d'argent - et elles pourront augmenter par le genre de Progrès qu'on favorise. / Voilà ce que j'aurais à écrire sur les oeuvres et les idées de Louis Bouilhet» (BMR).

226 Un brouillon révèle une version de ce passage assez différente du texte définitif: «Le mépris de l'art s'étale avec la joie d'un affranchissement. On a perdu la notion des connaissances les plus simples, l'intelligence des idées les plus claires. Indiquez-moi une maison où l'on s'en occupe! des gens du monde qui sachent par coeur quatre vers d'un classique, douze gens de lettres qui aient seulement lu l'Enéide d'un bout à l'autre. Ce grand mot d'*Humanités* n'a plus de sens. La tradition littéraire s'en va, - et j'ai peur qu'avec elle ne disparaisse ce je ne sais quoi d'aérien qui mettait dans la vie quelque chose de plus haut qu'elle» (BMR). Sur un autre brouillon, Flaubert associe cet étiolement de la tradition aux rêves des adolescents: «La tradition littéraire s'en va, mais j'ai peur qu'avec elle ne s'en aille aussi la tradition humaine. Il est peut-être bon de s'être exalté pour des choses étrangères, d'avoir été amoureux de Cléopâtre et enthousiaste de Thermopyles, d'avoir rêvé l'amour de Cléopâtre et la mort de Socrate» (BMR).

227 Dans cette conclusion, Flaubert a eu beaucoup de mal à concilier les exigences contradictoires de la pudeur et de l'émotion personnelle. Voici une esquisse très sommaire de ce mouvement, où on est surpris de trouver ce qui semble être un cri de désespoir plutôt qu'une question posée pour la forme: «Mais quelle consolation offrir à celui qui reste seul?» «Si en province quelque part deux jeunes gens qui / Ne faites attention à rien. Aimez l'art. / Ces chagrins-là valent mieux que les joies des autres. / Mais quelle consolation offrir à celui qui reste seul? / et pourquoi n'aurais-je pas vanté? / Par bon goût? Est-ce parce qu'il était mon ami? / Je vous souhaite un pareil. / Et comme on demande à tout une moralité, en voici une -» (BMR). L'emotion déborde de nouveau quand Flaubert écrit en marge d'un autre brouillon: «épanchements que rien ne remplace. / travaux si doux» (BMR).

228 Sur un des brouillons, Flaubert a barré une version quelque peu différente de ce passage «vous parlerez de Shakespeare et d'Hugo, de Don Quichotte et de Don Juan, de Babylone et de Paris, de Balzac et d'Homère, perdus dans les rêveries de l'histoire, dans les

stupéfactions du sublime et souvent vos nuits se passeront à vouloir faire quelques caprices dans une forme que vous croyez bien durable. N'importe! Usez votre jeunesse aux bras de la Muse!» (BMR).

229 Certains amis (ou certaines amies) de Flaubert ont été offensés par cette phrase, et le [23 octobre 1877], il a écrit à Mme Brainne qui avait apparemment protesté à ce sujet: «Maudite phrase de la Préface! m'est-elle assez reprochée, celle-là. Mais vous n'avez pas voulu *comprendre* ma vie, si austère et si farouche!»

230 Après une soirée chez Louise Colet en mars 1852 où Edma Roger Des Genettes avait donné lecture du quatrième chant de *Melaenis*, Bouilhet a envoyé à cette dame dont il était tombé amoureux un sonnet intitulé «A ma belle lectrice» où il se trompe sur la couleur de ses yeux. En réparation, il lui a expédié ce quatrain (voir Louis Bouilhet, *Le Coeur à droite*, éd. Timothy Unwin, p.XVI, n.1)

231 C'est en 1838 que Bouilhet a envoyé ce quatrain à Flaubert, qui en a été ravi et qui a écrit pour le remercier, le [25 décembre]: «Tu as fait sur Mlle Chéron quatre vers sublimes, de *génie*. J'en ai été ébloui. Ce billet n'a d'autre but que de t'en faire part. Cela est d'une fantaisie transcendante. Cet amour dans une poitrine maigre comme un oiseau en cage. Superbe! *Superbe*!» La malheureuse demoiselle qui avait inspiré ce jeu d'esprit était Fanny Chéron, une amie de Louise Colet; elle était amoureuse de Leconte de Lisle.

232 Flaubert a été tellement indigné par l'insinuation de Fournier qu'il a écrit à la revue *L'Autographe* pour rétablir la vérité. C'est ainsi que cet hebdomadaire, que dirigeait Hector de Villemessant et où Jules Janin jouait un rôle important, a reproduit dans son numéro du 27 janvier 1872 (et non du 28, comme l'écrit Flaubert) le facsimilé d'une page du manuscrit de Bouilhet, pour prouver qu'il était bien l'auteur de la tirade incriminée, qui avait par conséquent été composée au moins deux ans avant la Commune. Voici le texte de présentation dans le journal, avec, toujours en facsimilé, la fin de la lettre de Flaubert qui avait accompagné l'envoi du feuillet manuscrit. Malheureusement, la direction de *L'Autographe* a mal compris cette lettre et a cru que Fournier était, avec Flaubert, le co-exécuteur de Bouilhet, alors qu'en réalité il était l'auteur de la phrase qui avait tellement indisposé l'écrivain. Cette présentation commence par une allusion au fait que presque tout ce numéro de la revue était consacré à des documents concernant la Commune: «Nous voici   bien loin de tous ces drames réels. Nous sommes à l'Odéon, le soir où l'on joue l'oeuvre posthume de Louis Bouillet [sic], *Mademoiselle Aïssé*. Une tirade du poète réveilla des colères assoupies et des enthousiasmes excessifs. La tirade est belle et prophétique, mais il semble que la main de quelque entrepreneur de

succès l'ait introduite après coup dans l'oeuvre pour lui donner une sorte de terrible actualité. Quelques journaux l'insinuèrent même. / Voici le feuillet du manuscrit original. C'est un autographe du pauvre poète qui vient attester l'honnêteté de ses deux exécuteurs testamentaires, Edouard Fournier et Gustave Flaubert. La petite note qui suit est de leur main: 'Voici cet épisode que   nous avons «complaisamment conservé et surtout étendu». / Faites valoir surtout ce joli trait de sincérité dans votre petite note. / à vous, / Gve. F.' / *L'Autographe* qui cherche la vérité historique devait aussi trouver la vérité littéraire».

233 Flaubert souligne les mots «en fureur» parce que la citation est inexacte: dans le texte, on lit: «Viendra voir à la fin ce qu'on fait là-dedans».

TABLE DES MATIERES

TEXTES LITTERAIRES

Titres déjà parus